ハヤカワ文庫JA

〈JA1191〉

グイン・サーガ⑬⑥

イリスの炎

宵野ゆめ

天狼プロダクション監修

早川書房

7553

AERIS AFLAME
by
Yume Yoino
under the supervision
of
Tenro Production
2015

カバーイラスト／丹野 忍

目次

第一話　妖花……………………………………二
第二話　サリアの奇跡………………………八三
第三話　イリスの炎（一）…………………一五七
第四話　イリスの炎（二）…………………二三三
あとがき……………………………………………三二一

本書は書き下ろし作品です。

ケイロニアの熾王冠《しおうかん》にはめ込まれた《イリスの涙》はケイロニウス皇帝家代々の至宝である。巨大な、瑕《きず》ひとつないみごとな金剛石の輝きは、あたかも炎をとじこめているかのように見える。古《いにしえ》のケイロンの伝承に、「熾王冠を戴く者が重大な決断を下すとき、珠玉よりほとばしる炎は世界をすら変える」とある。

――フリルギア侯ダイモス

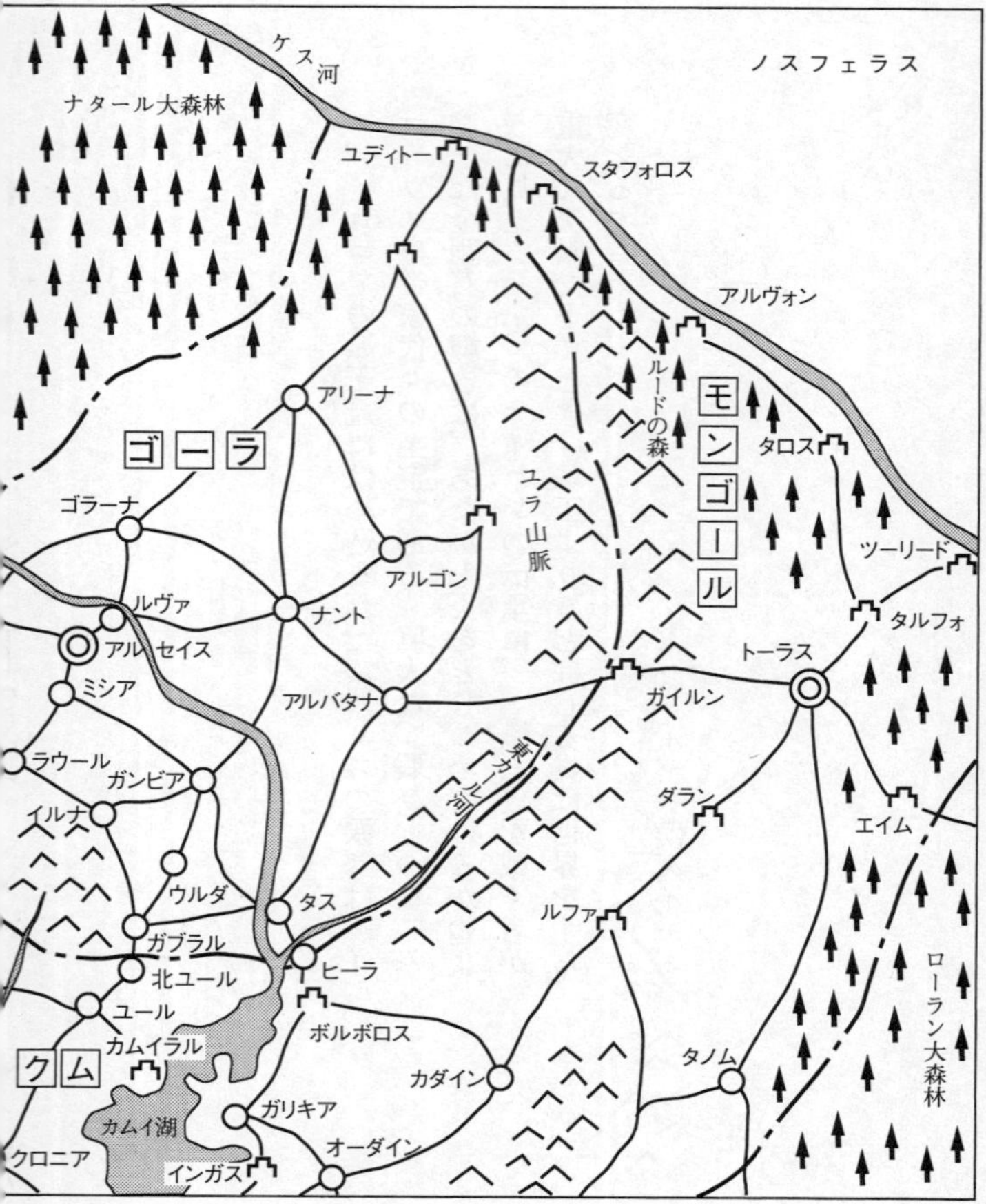
ケス河
ノスフェラス
ナタール大森林
ユディトー
スタフォロス
アルヴォン
ルードの森
アリーナ
ゴーラ
モンゴール
ユラ山脈
タロス
ゴラーナ
ツーリード
アルゴン
ルヴァ
ナント
タルフォ
アルセイス
トーラス
ミシア
ガイルン
アルバタナ
東カール河
ラウール
ガンビア
ダラン
イルナ
エイム
ウルダ
タス
ルファ
ガブラル
ヒーラ
北ユール
ローラン大森林
ユール
ボルボロス
カムイラル
クム
カダイン
タノム
ガリキア
カムイ湖
オーダイン
クロニア
インガス

〔中原拡大図〕

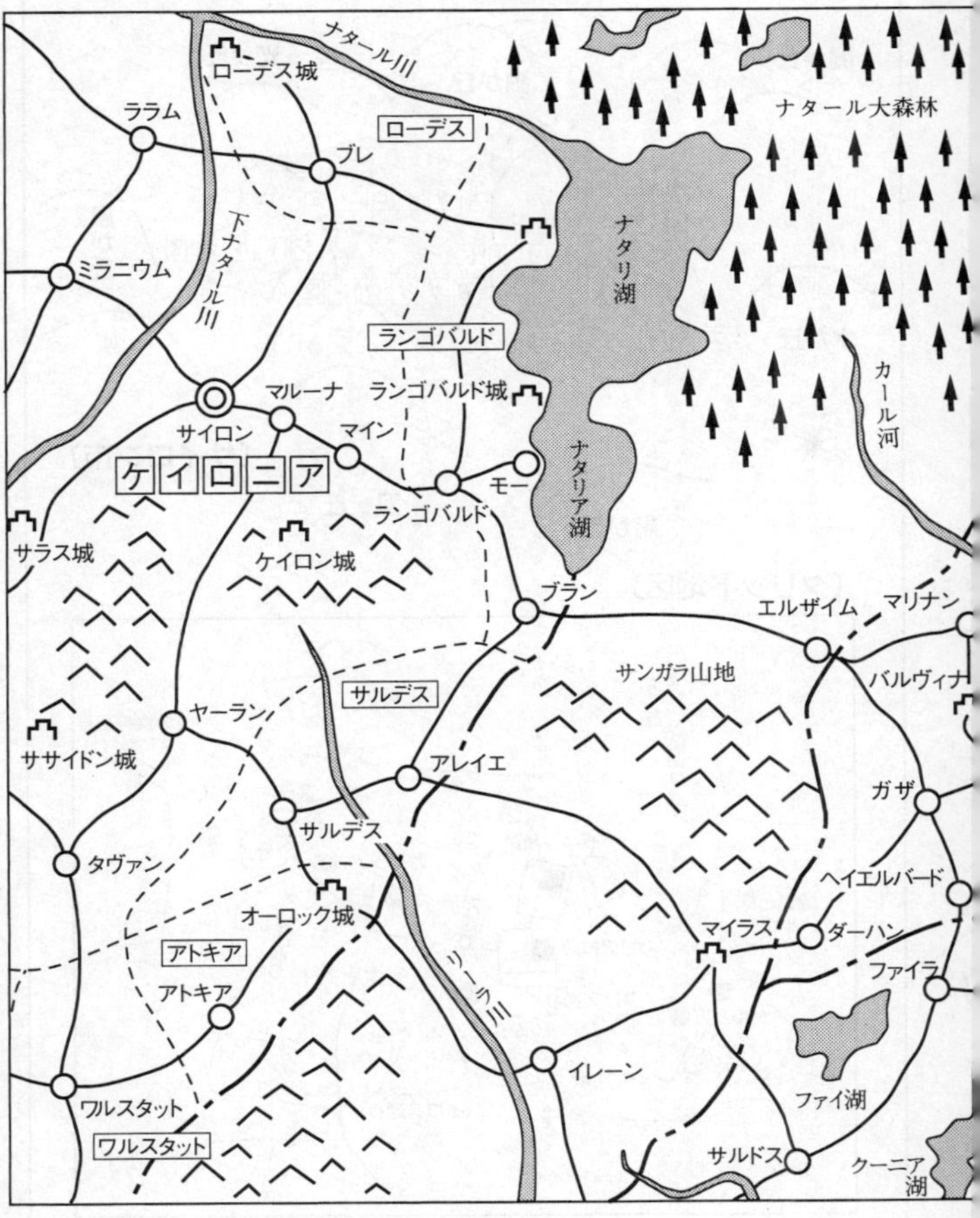

ナタール川
ローデス城
ララム
ローデス
ブレ
下ナタール川
ナタリ湖
ナタール大森林
ミラニウム
ランゴバルド
ランゴバルド城
カール河
サイロン
マルーナ
マイン
モー
ナタリア湖
ケイロニア
ランゴバルド
サラス城
ケイロン城
ブラン
エルザイム
マリナン
サンガラ山地
バルヴィナ
サルデス
ヤーラン
ササイドン城
アレイエ
ガザ
サルデス
タヴァン
ヘイエルバード
オーロック城
マイラス
ダーハン
アトキア
ファイラ
アトキア
ワルスタット
イレーン
ファイ湖
ワルスタット
サルドス
クーニア湖

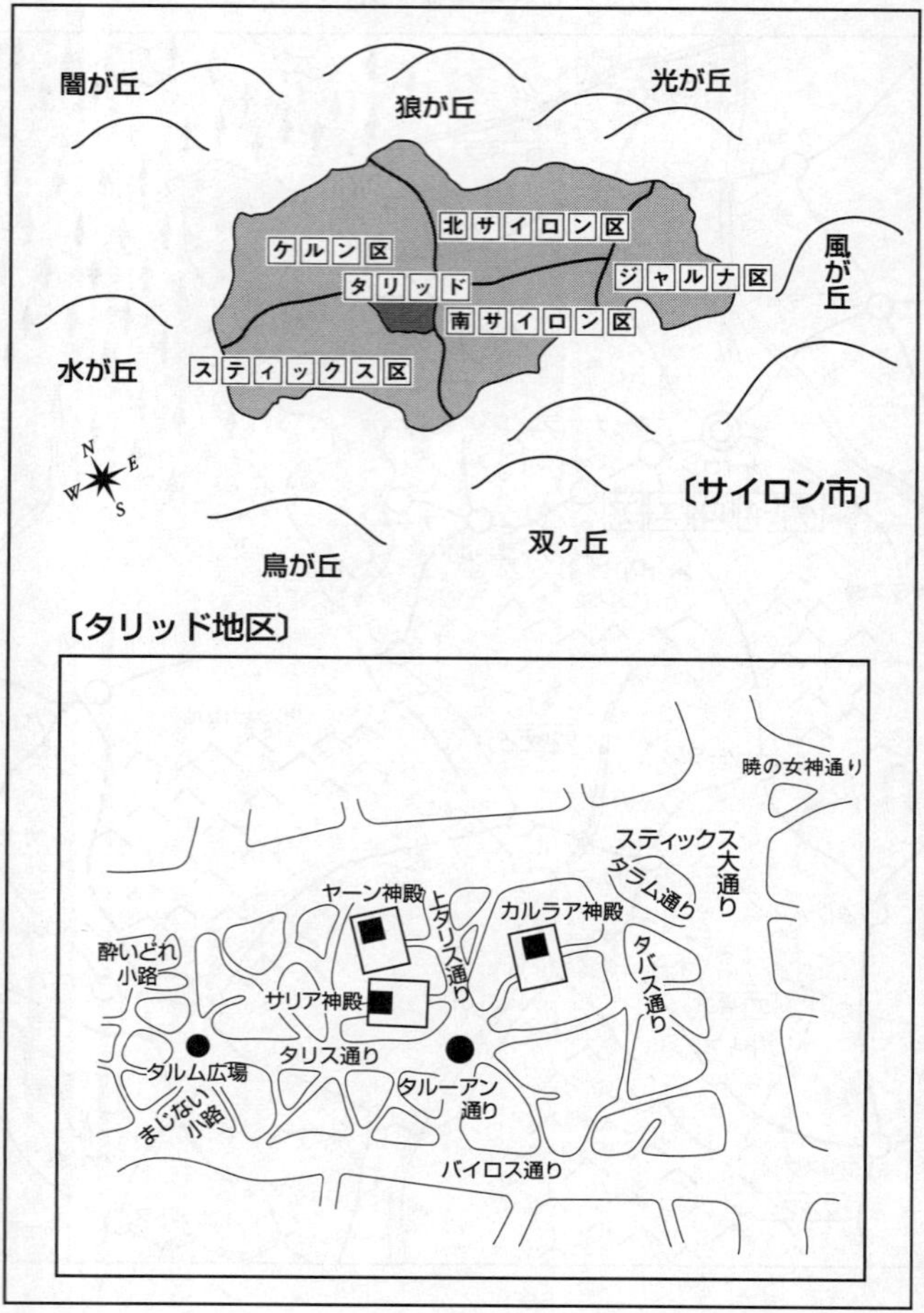
闇が丘
狼が丘
光が丘
北サイロン区
ケルン区
タリッド
ジャルナ区
風が丘
南サイロン区
水が丘
スティックス区
N
E
W
S
〔サイロン市〕
双ヶ丘
鳥が丘
〔タリッド地区〕
暁の女神通り
スティックス大通り
タラム通り
ヤーン神殿
上タリス通り
カルラア神殿
酔いどれ小路
タバス通り
サリア神殿
タリス通り
タルム広場
タルーアン通り
まじない小路
バイロス通り

イリスの炎

登場人物

グイン……………………………………………ケイロニア王

ハゾス……………………………………………ケイロニアの宰相

オクタヴィア……………………………………ケイロニア皇女

ロベルト…………………………………………ローデス選帝侯

マローン…………………………………………アトキア選帝侯

ダイモス…………………………………………フリルギア選帝侯

アウルス・アラン………………………………アンテーヌ子爵

ユリアス・シグルド・ベルディウス……ベルデランド選帝侯

ヴィダ……………………………………………サーリャの巫女

ロザンナ…………………………………………〈青ガメ亭〉の女将

アウロラ…………………………………………沿海州レンティアの王女

タニス・リン……………………………………アウロラの主治医

フェリシア………………………………………パロの貴婦人

パリス……………………………………………元シルヴィア付きの下男

シルヴィア………………………………………元ケイロニア妃

ユリウス…………………………………………淫魔

第一話　妖花

1

パロス平野は中原の中南部にひろがっている。きわめて温暖で土地は肥沃。このめぐまれた地に闇王国パロスが建てられたのはカナン帝国が殷賑《いんしん》をきわめていた時代であった。初代王パロスは大魔道師であり、ヤヌスその人と言葉をかわすことができたともいわれる。

この闇王国パロスを出自とするアルカンドロス大王は、神託を得て三千年の昔にパロ聖王朝をひらいた。クリスタル・パレスはアルカンドロス大王の建国の世に完成した。同じ頃七つの塔も築かれており、その時すでに謎めいた古代機械は存在していたとつたえられる。

アルカンドロス大王は聖王家にさまざまな規範を制定したが、王族に純血を守らせる《青い血の掟》と、死してのちも霊位として聖王に即位する者に《承認の儀》を行なうことは名高く、聖王家のきびしく守るべきしきたりとして今にいたるまで続いてきた。

パロのクリスタル・パレス――白昼の夢のように美しく神秘的な王宮のたたずまい。ヤーンが中原世界にかけめぐらすタペストリの《華》であり、さらに、その奥宮に世界生成の謎にかかわる重要な秘密を隠しこんでいる。しかしその謎あるゆえ、三千年続いてきた魔道の国が、暗黒の尖兵を引き寄せてしまうのも建国からの宿命であったことは否定にかたくない。

沈みゆくルアーから放たれた幾千もの紅の箭《や》がクリスタル・パレスの尖塔をつらぬき、すばらしい景観を見せている。

しかし――

この荘厳なけしきに感嘆を洩らす人々の声がなかった。大理石や水晶をふんだんにつかった瀟洒《しょうしゃ》な館が建ちならび、すべての街路に石畳が敷き詰められた、ケイロニアのサイロンに並ぶ先進の都には数百万かの人々の暮らしがあったものを……。

いまクリスタルの都は華麗な落日の下にむざんな姿をさらしていた。イラス川によって王宮と隔てられる市街地は見渡すかぎりの焼け野原と化している。

クリスタル・パレスの東正面にあたる目抜き通り――サリア大通りの両側に並んで、美と洗練を競っていた店舗はことごとく焼けてくずれ落ち、わずかに焼け残ったレンガの建物は真っ黒に煤《すす》け、破れた窓を暗いうつろな眼窩《がんか》のように空けているだけ。クリスタルが誇るひさしに水晶をはめこんだアーケードも、いまや燃え殻と堆《うずたか》い灰燼《かいじん》とその間できらめく破片に過ぎなかった。

炎の女神レイラが猛火の裾をはためかせ通り過ぎた後だった。火と煙は絶えているが、すべての通りすべての路地に、油の燃やされた異臭が漂い、どこにも生きて動く者のすがたはない。

この街に暮らし笑ったり泣いたりしていたすべての人々が、その住む所を棺として葬り去られてしまったのだろうか？　滅びの風に吹きはらわれた廃都カナンのごとくに——。今クリスタルを支配しているのは死にかぎりなくちかい静寂だった。

市民が居住する南クリスタル区と東クリスタル区と、クリスタル・パレスとをつなぐ経路でもあるヤヌス大橋は、イラス川の上をサリア大通りと十字に交差している。

クリスタル一立派な橋の舗装された大理石には所々赤黒いしみがついている。ぼろにも似た肉の切れっぱしがへばりつき、腐った血のインクで奇怪なもみじの葉に似た足跡が捺されている。

橋の欄干《らんかん》にちかい位置に人がたのものが落ちていた。整った目鼻立ち、金髪の巻き毛、純白の胴衣にびろうどの足通し、肩章、マントをつけ、剣帯を腰に巻いた姿は聖騎士をかたどっているようだ。

人形の胸から腹までは大きく裂け、詰め物のわたをはみ出させ、ガラスの瞳をうつろにみひらいている。瞳の色は赤紫。残照の空がうつりこんでいるのだ。

　黄昏の空はあたかもカラムの実をしぼったような色合いを呈していた。

　ルアーのチャリオットがすっかり隠れると、まだ明るさが残っている空に、もやもやした黒っぽい雲がたなびきだした。はじめは薄いちぎれ雲のようだったのが、ほとんど無風であったにもかかわらず、少しずつ少しずつ染みのように広がっていった。クリスタルの上空をアムブラから西の方へ、聖なる心臓部クリスタル・パレスの頭上まで張り出してゆく。薄い層がより集まって濃さを増すと、あたかも天空を流れる黒い川——否、長大な蛇がうねくねり泳ぎわたる様にも似ていた。

　空の巨蛇はじょじょに形を変えてゆき、鰐《わに》のように口吻《こうふん》を長く伸ばす。その口が大きく裂け、目がかっと開いた——と見えたのは、眼球にあたる部分にあやしい黄色い光が瞬いたのだ。

　雲霞《うんか》の群れによって描き出されたのは巨大な竜頭であった。大きくひらかれた顎門《あぎと》は、あたかも七つの尖塔を齧りとろうとするかのようだ。

　それはクリスタルの都をおそろしい爪と牙で蹂躙《じゅうりん》し、市民をむさぼり食らい鏖殺《おうさつ》した竜頭の悪魔の似姿だった。

＊　＊　＊

クリスタル・パレスの南側を護民庁街に沿うイラス川は、市のほぼ中心を斜めに横切り、ヤヌス大橋で大きく向きを変え、ゆるやかに蛇行しながら東クリスタルのアムブラ地区を囲いこむように流れくだる。

アムブラといえば私塾の街として栄えたが、内乱のはじめの頃に厳しい弾圧にあい、いったんすべての私塾が追い払われるという壊滅的打撃にあってもいた。

そのアムブラにあったのは私塾だけではない。パロ商業の中枢でありイラス川は物流になくてはならぬ役割を果たしてきた。

川沿いには商家の倉がたくさん建てられていた。それら倉の群にも火の禍は及んでいた。イリスの光に照らし出された、煤けたレンガ壁に「エンゾ商会」の文字が認められた。アムブラ一のカラム問屋の名である。高価なカラムの実をしまっておく堅牢な倉には、高い位置に小窓がついていた。その小窓に——人の顔がうつっている。

まだ若い。秀でた額と下がり眉に特徴がある。食い入るように夜空にそそがれているまなざしに知的探究心をみせているが、下がり眉のせいか小柄できゃしゃなせいか気弱で臆病そうな印象もあたえる。とぼけた風貌もあいまってある種の動物を思わせる。

その彼の背後で床の一部が持ち上がった。床下からのかすかな光に、羽目板を持ち上げる手指と頭髪と——白いちいさな顔がうつしだされる。十五、六の少女だった。

（……リーザ）

青年はほっとため息を漏らす。

地下から現われた少女は羽目板を元に戻すと、踏み台に乗っている彼のそばにくる。

「お兄ちゃん」

ひそめていても少女の声質ゆえぞんがい高く響く。青年はシッと口もとに指をあてる。

少女は神妙な顔つきでうなずき、台にのぼってきて青年の耳元にささやいた。

(何をしていたの？　タムお兄ちゃん)

(外のようすをうかがっていた。ゴーラ兵の姿はみえない——雲の衣を脱ぎはらったイリスがきれいなのでつい見入ってしまった)

(何それ？)

少女は呆れたようなまなざしを兄に注ぐ。狸顔の兄とはちっとも似ていない、なかなか可愛らしい少女である。前髪を目の上で切りそろえている。だがその顔は煤でよごれ、長い黒髪はくしゃくしゃに乱れている。

(そんなのんきなこといってる場合なの？)

ささやきがとがめる響きを帯びる。

(ごめんごめん。でもほんとうにきれいだから、お前も見てごらん)

リーザは兄よりさらに小柄だったので背伸びしてやっと窓に届いた。

(イリスは出ているけれど……空はずいぶん気味のわるい色をしてる。血がまじってるみたいな……)

自分のことばに少女は身震いた。わずか数日前の悪夢の記憶を思い出したのだ。両肩を抱いてさらに激しく震え、そして——

(みんな殺され……街はめちゃめちゃ……それをイリスは雲にかくれてながめていたんだ。あわれんでもくれない。イリスだけじゃない、ヤヌスだって……! 十二神はあたしたちを助けても守ってもくれない。ほんとは神様なんていやしないのよ!)

つぶらな目がしだいしだいに潤みを帯びてきたのに気づいてタムはあわてた。

(そ、そんなことをいってはいけないよ。この世で何が起ころうとも神は存在する。ぼくらが自分のうちから光を消し去らないかぎり真の終わりはこない。信じてさえいれば明日は今日よりきっとよくなる)

(……そんなの、おためごかしだわ)

暗い声をおしだし、すんと鼻をすすって黙り込む。悲しげな表情になると、血はあらそえぬ、タムと似たところが見いだせる。

リーザに大泣きされなかったので、タムのほうはほっと安心する。敵に聞きつけられでもしたらおおごとだ。また同時に地下の隠れ処に身をひそめ、着の身着のままで入浴も洗髪もままならないのは、育ちのいい少女にとっていかばかり苦痛か思いやりもする。

これほどの窮状もなかった。クリスタルは突然何ものかに侵攻され、サリア通りに面した店と棟続きの住まいを焼かれ、タムたちは裏庭に掘ってあった脱出口から逃げだした。黒竜戦役、内戦とつづいて災禍に遭い、富裕な商家はいざという時に備えていたのだ。秘密の地下道はイラス川沿いの倉まで伸びており、床下にはかなり広い隠れ処が設けられ糧食の蓄えもかなりある。

タムは母親と妹と使用人も何人か避難させはしたが、地下道を逃げる途中に母親は足を挫《くじ》きさらに心痛から発熱し寝込んでしまった。いまのままでは馬車か船を仕立てないかぎり脱出はむずかしい。しかしたとえ船を手に入れても逃げる途中に襲われないともかぎらない。この八方ふさがりの窮状をどう打開すればよいものか、イリスの光にでも伺いを立てるぐらいしか出来ずにいる。

（それにしても――この度の《敵》は謎だらけだ）

赤紫の空をみつめタムはくちびるを噛む。

ゴーラ王国のイシュトヴァーンがパロの女王陛下に求婚するためクリスタル・パレスを訪問したことはアムブラの民も知るところだったが、ゴーラ王といえばパロ内乱のさなか、リンダ女王の夫君であり神聖パロ王アルド・ナリスを拉致した上病身を連れまわしそれが原因で死期をはやめた張本人である。パロ人の多くが悪感情を抱いている。タムなどヤヌスの神罰が下されてしかるべきだと思っている。そのゴーラ王が率いる大軍勢にクリスタルの市門がひらかれることはない。クリスタル・パレス入りしたのは身辺警護の二百騎のみだと聞いている。その後イシュトヴァーン王はリンダ女王に求婚をしりぞけられパロを出国したはずだ。それが——いったいどうやって再び兵をさしむけ、国境を越え、市門を破って侵攻できたのか、王立学問所に籍を置く秀才にもそのカラクリは解明できぬ。

だいいちそれに、内乱終結直後から豹頭王グインの采配でクリスタルにはケイロニアの騎士団が配備されていたのに、武勇に秀でたケイロニアの騎士たちは何をしていたのだ？　クリスタルがゴーラに蹂躙されるのを見過ごしにしたのか？　そこまで考えるとタムも妹どうよう神などいるものかという恨みがましい気分におちいる。

タムはかるく頭をふってから、（——リーザ、ところでレウス君はどうしている？）

（あの子なら、まだねむっているわ）

（もう、うなされてはいない？）

（いないわ。ぐっすりねむってる。もう……竜になるなんて、うわごとにもいってはいないわ）

レウスは幼い少年だ。これまでタムがみつけたアムブラの人間はこの十にも満たぬ少年だけである。

船をもとめイラス川を辿ったとき、船止めの杭に服の端がひっかかったかっこうで川に浮かんでいた。すぐに引き揚げて遊学中に習いおぼえた人工呼吸をほどこしたところ息を吹き返した。怪我は負っていなかったが、血としか思えない染みが頭髪と着衣についており、口もきけぬほど衰弱しきっていた。

地下の隠れ処に連れてゆき、落ち着いたように思われたので、どうして川に落ちたのか、家族とどうしてはぐれたのか問い質したところ、レウスは狂気のように目をぎらぎらさせ、奇怪な、にわかには信じがたい話をはじめた。

火をかけられたときレウスは家族といっしょに聖王宮の広場に逃げこんだ。しかしそこで避難してきたアムブラの市民が次々と竜に変わってゆき、牙を剝き出して生き残った人々に襲いかかってきたのだと云った。

その竜の化け物には王宮を守る騎士たちも歯が立たなかった。少年の話をまとめると、聖騎士たちは全滅――かそれにちかく壊滅したとしか推測しようがなかった。ドールの地獄と化した王宮広場からどうやって逃げてこられたか、少年自身にも筋の通った説明はできなかった。何らかの機転で、あるいは僥倖《ぎょうこう》がはたらいて、ヤヌス大橋からイラス川に飛び込んだのだろう、としか考えられない。もしかしたら親が怪物の盾となって生きながら怪物の餌食にするよりはと考え、ちいさな息子の命運をイラス川に託したのかもしれない、とタムは想像をめぐらした。

奇跡的に命びろいした少年だが、あまりの恐怖に精神の平衡を欠いていた。すこしは人心地ついたろうと食事をすすめたところ急に腹をおさえ、「こわい！　こわいよう。

体が裂ける…裂けて竜が…竜の化け物が……!」と泣き叫び暴れだしたため、やむなく少量の黒蓮をかがせおとなしくさせたのだった。

心に傷をおった少年に同情しつつも、さらなる怪異の現象に考察をめぐらせねばならなかった。何らかの魔道のしわざとしか考えられないが、人間の体を破って別の生物が出てくる——芋虫に寄生するある種の蜂の孵化を思わせる——現象など、王立学問所に魔道士の塔から派遣されてくる講師から聴かされたことはなく、カシスの間に納められている上級のルーンの大巻に読んだ記憶もない。そのようなおぞましい技は魔道十二条にはゆるされぬ——パロの魔道ではない。

黒魔道としか考えられなかった。

(それに竜の怪物といえば、内乱のときに市内に竜頭兵が出現したと聞きおよんでいる。キタイの竜頭兵なのか? その竜頭兵がこんどはアムブラの下町の人の体を食い破って現われた——? そんな、いったいどうやって? キタイとて人の国にちがいないはずなのに、そんな技を何の罪もない下町の人たちに使うなんて——ドールにも劣る所業だ)

怖れと憤りに胸がしめつけられる。

(それがキタイの黒魔道なのか? ゴーラを侵攻させたのも……それはつまりゴーラとキタイが手をむすんでパロを侵略してきたということなのか)

ならば事態はもっと絶望的だ。レウスのいうとおりクリスタル・パレスの聖騎士が竜頭兵に壊滅させられたのなら、まず第一にリンダ女王をお護りする者がいなくなる。聖王家のとうとい青い血をひく、予知者にしてヤヌスの巫女姫、リンダ女王が魔の手に奪われてしまったら、パロ——三千年の魔道王国の終焉《しゅうえん》にちがいないではないか？

タムは思わず胸に肌着の下にかけているお護りをまさぐった。リンダはパロの女王である以上に、タムがカシス尊の信徒として剣の誓いを立てている亡き君主の未亡人である。自分の家族が暴虐にさらされる以上に堪えがたい——国辱である。

（こんな時、ナリスさまがいらっしゃったら。他国のよこしまな野望に、パロを——クリスタルをほしいままにされることはなかった。ナリスさまなら、どんな強力でよこしまな魔道にも対抗するすべを考え、手を打ってくださったにちがいないのに！）

しかしかの人はこの世にいないのだ。マルガの地で永遠の安息に就いている。旅の途に悲報を知ったタムは遊学を断念し、旅の仲間と袂《たもと》をわかって帰国の途についた。

王立学問所の先輩でもあるアルド・ナリスにタムは心酔していた。危険を伴う遊学に名乗りを上げたのもナリスの背中押しがあったからこそだった。帰国しマルガの霊廟にぬかずいたとき一生分の涙をながしつくしたとさえ思っていた。

とその時、

「——ねえ、お兄ちゃん」

リーザの声にひきもどされた。少女はイリスの端を食んでいる影を指していった。

「あれって、こうもり《グードル》……かしら？」

タムも目をこらす。青白い光の輪の中で、黒くたなびくもやにみえていたものは、微細な何ものかの集まりであるのがみてとれた。夜闇はかなり深まっていた。鳥とは思われぬが、それらが飛んでいるのはかなりの高所だ。

「グードルはあんな高くは飛ばないよ。それにグードルよりちいさそうだ。蛾かなにかではないかな」

「虫がそんなたくさん……気持ちわるい」

リーザはいとわしげに眉を寄せる。

（たしかにぶきみだ。イリスをかくすほど虫が発生するなんて。クリスタルに――パロに、さらにおそろしいことが起きる兆しなのか）

さらに不吉な思いが胸のうちに広がりだす。タムは胸にかけたメダル――今ではアルド・ナリスの形見である直筆の手紙がはいっている――をぎゅっと握りしめた。遊学のあいだ肌身はなさず護符がわりにしていたものだ。（ナリスさま、パロをそして聖王家を魔の手からお護りくださいますよう！）

かつての精神的パトロンに祈るしかなかった。

2

クリスタル・パレスの南側からアムブラ地区へと流れ下るイラス川に対し、ランズベール川はクリスタルの北側を流れる。

対岸の北クリスタルはパロ宮廷に出入りを許された者が住まう区画だ。名のある貴族の城館にも火と破壊は及んでいた。並木は焼けぼっくいと化し、石塀は煤けよごれ、なかば崩壊した城館は廃墟のように静まりかえっている。

――と、崩れた塀の向こう側から、時ならぬ美しい歌声がながれてきた。

　つれなきイリスよ
　雲にかくれ
　山の端にかくれて
　わたしを笑うイリスよ
　わたしの愛に気づかぬふりで

ゆきすぎる青く無慈悲な麗人よ

夜の女神を想い人にかさねたセレナーデ。歌声はキタラとキタリオンを伴って、せつせつと訴えかけるかのようだ。

手入れのゆきとどいた庭の向こうには瀟洒な城館が見える。パロらしい典雅で繊細な建築の様式だった。前庭に面して十二の柱が立てられ、そのすべてにヤヌス十二神が彫刻されている。柱の間を透かし回廊にうつしとられる月影がたいそう美しい。

まるで別世界だった。この瀟洒な館だけは火の粉が及ばず、竜頭兵の禍とも無縁の境にあるようだ。

死の街と化したクリスタル、アムブラの人々を見舞った惨禍も知らぬげに、松明の灯りの下に楽士の一群は伎芸にはげみ、庭に出されたテーブルでは美しい水晶の杯が虹の光をはなっている。

庭園のほうからは甘やかな香りがしてくる。花の香り。ルノリアやロザリアやラヴィニア——いずれもパロの貴婦人に愛される花だ。

「……いけませんわ」

闇の花園でひびく声もまた甘かった。さやさやと衣擦れの音がするたび、いかなる花よりかぐわしく艶やかな——サルビオの芳香がふりまかれる。

「いけません」ともう一度、笑いを含んで。

「なぜいけないのです？　いっしょにイリスを眺めることが？」

ふしぎそうに問う男の声。

「ご存知ではありませんか？　たしなみ深いデビは強い光の下には出たがらないものなのです。ましてやあたくしのような年増の女は、イリスの光に肌をさらすのもはしたないとされてますのよ、このパロでは」

そういって、またくすくす笑う。

「何をいうんです？　私をからかっているのですか、ケイロニアの田夫野人《でんぷやじん》だと思って。それに貴女のように美しいご婦人を映したなら、イリスのほうが羞《は》じいって隠れてしまうにちがいありませんよ」

「まあ、お上手になりましたこと。あたくしの騎士様は」

宵闇にふわりとストールがひるがえる。

ルノリアの枝の間からイリスの光がそそいで女の姿を照らした。高く結い上げた銀の髪、髪留めにちりばめられた宝石がきらめく。羽毛をつらねたストールを背中にずらしたので、なよやかな肩としみひとつない胸元が夜気にさらされる。美しい女だ。パロ宮廷という花園にあって人々の礼讃をほしいままにしてきた名花。盛りを過ぎた今なお美と蠱惑《こわく》の女主人でありつづけ、パロ宮廷の妖花とも呼ばれている。フェリシア夫人その人だった。

月光に「騎士様」と呼ばれた相手も映しだされる。金髪に青い目の、ルアーのようと形容してしかるべき壮年の男だった。

「ディモスさま」

やわらかな女の声に男は口もとをゆるめた。

ワルスタット侯ディモス、現パロ駐在大使である。クリスタルに駐留するケイロニア軍の最高指揮官であるかれが、すらりとした長身にまとっているのは瀟洒な夜会服で長剣すら帯びてはいない。この非常の際に緊迫した雰囲気はつゆほども見受けられぬ。黒曜宮の園遊会に身を置いているようですらある。

「フェリシア、あなたとこうして——ルノリアの下で密会しているなんて。じつにパロらしい、趣き深く感じていますよ」

「まあ、ほほほ。密会だなんて、ほんにパロ風が身についてらっしゃいましたこと」

パロの妖女は微笑した。

かつてその美貌を巡ってアルシスとアル・リース二人の聖王子は相争い、パロに分裂の危機をもたらし、傾国の美女と呼ばれた。その後も華やかなうわついた噂は絶えず、十以上年下のクリスタル公を愛人に遇していた時期すらある。年齢を重ねていても、夜目にも白い顔にしわのひとつも見いだせぬ。胸元からたちのぼるサルビオの香りは、ケイロニア大使であり武人の長であり、堅物の妻帯者をまどわすにじゅうぶんなだけの威力をもっている。

デイモスが肩に回そうとした腕からつと優雅な身のこなしでのがれでる。

「フェリシア殿」

男は不満げに声を大きくしたが女は動じるでもなく、美しく化粧をほどこした顔から微笑を消し、いくぶんか口調をきついものにした。

「せんにお願いしたことを、お忘れになっておりません？」

「忘れてなどおりませんよ。アルカンドロス広場を逃げ出した一行の追跡ですよね？」

フェリシアはうなずく。

「もしワルド山中を彷徨しているうちに捕らえられなかった場合、ワルスタット街道に検問を設けておりますから発見されるのは時間の問題です」

「ワルスタットはディモスさまのおひざもとでしたわね。でも――魔道師が混じっておりましてよ。じゅうぶんな注意が必要です」

「魔道師宰相ヴァレリウスですね。ご心配なさらず、いかな魔道師でもワルスタット騎士団の敵ではありませんよ」

ディモスは拒まれた痛手を忘れたかのように白い歯を見せて笑った。

「パロ宰相は上級魔道師です。しかも内戦をくぐり抜けております。有能でしたたかでもあると伺っております。あなどってはなりません。宰相がサイロンに着いて、豹頭王にあることないこと訴えられては都合がよくありません。ディモス様とこうしている時さえ失わせるでしょう」

急いた口調になった女の顔を、イリスはことさら青ざめて映しだす。

「大丈夫です」

ディモスの言葉は力強かった。

「豹頭王のもとには行かせはしません。パロとケイロニアをつなぐ街道は現在厳重な監視下にある。むろん他の経路も同様にです。宰相とアル・ディーン王子の一行だけでない。クリスタルからの逃亡者は見つけしだい処理します。これは黒死病のサイロンで豹頭王がとった方式であり、ほぼ完璧な効果が期待できる」

「黒死病がはやった時サイロンから逃げ出そうとした民衆を豹頭王は殺してしまったのですか？」

「いや、いったん隔離して病気の有る無しを徹底的に検査したのです」

ディモスはこともなげにいってから、隠しから筒状のものを取り出した。

「ここに——貴女の懸念をとり除くものを持ってきました。アムブラで竜頭兵を目撃した駐留部隊の長が、本国に急報すべきであるとよこしてきた上申書です」

羊皮紙を巻いたものを受け取ったフェリシアは庭を横切り松明に近寄った。書状をひろげる女の顔に燃える炎が照りはえる。読み終わって顔を上げたフェリシアの表情はけわしかった。

「この一通だけ？」ディモスをふりかえる。

「これだけです。隊長のブロンが認《したた》め、伝令に託し、昨夜私の屋敷に届けられた」

「その伝令は？」

「もちろん……」

ディモスは暗い笑みを浮かべた。

「けっこうですわ」

女のこめかみに青みを帯びた筋がうかんでいた。青筋とけわしい表情とがたくみな化粧に隠すものをあらわにした。と、彼女はおもむろに書状を松明に放った。羊皮紙は炎の中でちぢまり見る間に燃えつきていった。

「さしあたっての懸念材料はこれでなくなりましたね？」

「それに豹頭王と宰相のハゾスは大帝崩御にあって、まずケイロニアの後継問題を解決しなければならない。他国に干渉している余裕などあるわけがない」

ディモスは微笑んでいた。

「そうでしたわね。ケイロニアでは皇帝が身罷《みまか》られたばかり……」

「これより行なわれるアキレウス帝の葬儀――大喪の儀においても、獅子心皇帝にふさわしい格式の葬儀をとり行なうことは勿論、大国の威信を示すためにも、各国弔問客を前に新皇帝の名を示すことこそ首脳陣に課された重要な課題のはずです。空位のまま服喪の期が明けてしまった場合には、国全体によからぬことがあると云われているのです」

「ケイロニアの王家にもパロどうよう厳しいしきたりがあるのですね」

「そうですね、パロほど厳しくはないと思いますが。皇帝家がしきたりを重んじてきたのは確かです。ケイロニウス皇帝家が万世一系つづいてきたのはこのしきたりのおかげでしょう。代々の皇帝は後顧に憂いを残さず大往生を遂げてきた。しかし未だかつてなかったことが――アキレウス大帝の存命中に、次期ケイロニア皇帝は決まらなかったのです」

ディモスはことさら重々しい言葉をつらねる。

「つい先日サイドン城において選帝侯会議が開催されたことはお話ししましたね。宰相のハゾスはケイロニア王を次期皇帝に推す腹づもりでいた。会議が始まったとき大帝は存命であられたが正式の遺言状はなく、選帝侯の信任が一致をみぬままに会議は荒れ、これもケイロニア史にない不祥の事態であるが、会議のさなかに選帝侯の一人が毒殺され、ハゾスは会議中断を余儀なくされた」

こわばった面持ちで聴いているフェリシアに対して、ディモスの端正な顔は明朗で語りロは得意げですらある。

「さらに長らく他国の侵略を受けずにきたケイロニアの国境に異国の軍が――ゴーラの紅の獅子の旗をなびかせ現われたと報じられた。すぐさまケイロニアの軍神豹頭王は国防のためササイドン城より出陣した。問題の国境――ワルスタット選帝侯領のワルド砦にむかって」

ディモスはここで言葉を切った。青い目にはどうですといわんばかりの光がある。

「ケイロニアの豹頭王を出陣させた」

フェリシアの顔には複雑なものがある。そうであろう。ケイロニア――この中原一の大国はパロ内乱に内政不干渉の主義を翻《ひるがえ》し参戦すると、巫女姫リンダを救出しクリスタルを解放し、内乱を終熄に導いている。ケイロニア王グインの国境を越えた義心にパロは救われたのだ。それはクリスタル・パレスの宮廷人の胸にも深く刷り込まれている。

「ええ、グイン王はササイドン城からワルド砦へ騎士団をひきい――」ここでディモスは美しい顔を笑みくずし、上体を逸らしかげんにイリスを仰ぎ見て大笑いした。

「ハハハ！　三千からの騎馬を長駆させた先に待っていたのは平和でのどかなイトスギの森だけ。その時の豹の間の抜けた表情を想像すると笑いが止まりません。謀略と呼ぶのも気のさすような、たわいない仕掛けに中原一の名将がやすやすとひっかかるなどとは！」

なおひとしきり笑ってから、目元に散った涙の滴を指先でぬぐって云う。

「ケイロニアのシレノスが貝殻骨を失い、超人的な力を失ってしまったのは確からしい」

「シレノスの貝殻骨とは、グイン王のお妃《きさき》のことですわね」

「そうです。アキレウス大帝とマライア妃の娘、世継ぎの姫であったシルヴィア殿下です。醜行を罪に問われ黒曜宮を追われ、闇が丘に幽閉されたあげく事故によって薨御《こうぎょ》された――悲劇の皇女だ」

かつてそのシルヴィアに恋慕されさんざん追い回され往生したことなど忘却したように冷淡な口調で云ってのける。

「その謀略ですけど、どのようにして豹頭王をワルド城までおびきよせたんですの？」

「いたって単純なカラクリです。ワルド砦にちかいラルゴの森に五千の騎士を潜ませておき、イリスの光の下ゴーラの旗をうち振らせる。ワルド砦の騎士が気づいて騒ぎたてたところで、旗を畳ませ甲冑も脱いで鞍嚢《あんのう》に収めさせ、全騎夜陰にまぎれてリュイエル城に移動させたのです。もとより五千の騎馬留めを擁するワルスタットの出城だ、甲冑を隠してしまえば万にひとつも疑われることはない。ひとつだけ懸念したのは、鎧を脱ぎ森から林間の道に抜ける際に行軍がイリスの光に暴かれることでしたが。ちょうどうまいぐあいにイリスに黒雲がかかったとリュイエル城の家令から報告をうけています。

ラカントという者ですが副司令としてなかなかよく勤めてくれている」

「イリスに黒雲が……」

フェリシアは空をあおいでつぶやいた。

「そうです。ワルスタットの晴れた夜空につかのまかかった黒雲。天もこの企てに与したと思いましたよ私は」

話す内容もゆゆしいが、ディモスをよく知る者――ハゾスや貞淑な妻アクテ――がみたら別人かと疑うような口調と目つきをしている。

「……それは何よりでした。あなた様のお考え通りにことが運びましたこと、あたくしもうれしゅうございます。ことの成就をお祝いしまして――」

フェリシアはテーブルに並んだグラスをとってディモスに手渡した。きゃしゃな足付きの美しい切り子グラス。パロの工芸品だ。

「ありがとう」

ディモスは杯をうけとり赤紫色の酒をすすって、にっこりした。

「美味しい。……ふしぎだ。これまで私はケイロニアの宮廷にあって、選帝侯という立場でありながら一杯のはちみつ酒も味わって飲んだことがなかったと、今さらに気づきました。味わう余裕がなかったのかもしれない。年番で出仕しても心のどこかが浮かなかった。グイン陛下のように万能の才能があるはずもなく、親友だったハゾスのように頭が回るわけでもない。黒曜宮の会議――サイロンの復興に際しても名案をだせず、はるかに年の若いアトキア侯にもひけめを感じるほどだった。そしてすぐにワルスタットの城と家族が恋しくなる。まるで子どもだ。情けない田舎の少年だったそのことを今思い出した……」

杯を手にしたディモスの青い目には遠くを見るような光があった。

「私が褒められるのは政事の手腕ではなく容姿だけだった。だが男が、まして武人の長である選帝侯が美しいと云われても戸惑うばかり……時には侮辱されている気がした。グイン陛下の豹頭をうらやましく思うことさえあった。たとえ異形でも男としてなした業績で評価される、亡きアキレウス帝からも舅《しゅうと》のアンテーヌ侯からも。そのことをねたましく感じなかったことはなかった……ように思う」

「その豹頭王を、あなた様は知略でだしぬいてやったのですわ」

「フェリシア殿」

ディモスはふたたび相好を崩した。目をほそめ、内面から蕩かされたように、声の調子は少しくうわついていた。

「――そうだ！　豹頭王とハゾスによるケイロニア独裁を阻止するため、私の企図に天さえ力を貸し給うたのだ」

炎に照り映える長身の選帝侯の面を、パロの妖花はじっとみつめていたが、白いなよやかな腕をのばし自分から抱きよせた。

「ああ、フェリシア！　あなたが私に一人の男として武人として真の自信をあたえてくれた。……アクテではだめだった。田舎暮らしが似合うおとなしいだけの妻。私に必要だったのはあなたのような方だ。あなたに出逢ったことで私はようやく少年の時代を脱することができたのだ」

「まあ、ほほほ。こんな大きな少年などいらっしゃるものかしら」

フェリシアは可笑しそうにいった。その美しい微笑は化粧よりみごとに、彼女の翳《かげ》りや内心の怯《おび》えをつつみかくしていた。たしかに、恋という戦場において幾多の首級をあげてきた女戦士にとって「大きな少年」をあしらうことは、ポニーを花綱でひきまわすより容易な慣れ親しんだ行為であったのだ。

太陽侯とも称されるワルスタット侯ディモスに身をあずける妖花フェリシア夫人、さながらルアーとイリスのごとき濃艶したたる一幅の絵であった。

しかし、かれらをとりまいている情勢を忘れてはならぬ。キタイに侵攻を遂げられたクリスタルの一画で重ねられる密会に醸《かも》し出されるのは背徳だけではない。もっと人の道から外れた、ただならぬ運命もようが闇に織りこめられていた。

＊　＊　＊

深更――。

美しいタペストリをかけめぐらし、サルビオの香を薫《た》きしめた貴婦人の寝室である。

生花に見まごう繊巧《せんこう》な彫刻をほどこした天蓋の帳《とばり》のうちで交わされる男女の囁《ささや》き。歯茎にしみるような睦言《むつごと》。ほどなくして練り絹のこすれ合う音と寝台のきしみとなる。

少しずつ荒くなる男の息づかい。美と快楽の女神の技巧は情事の相手を蜜壺に落ちた一匹の羽蟻に変え、くり返し赤裸の声を上げさせる。

感興のおめきが果てしばらくして――。

軽くいびきをかきだした情人《ディモス》のかたわらに身を起こし、白い素足に絹の部屋履きをつっかける。寝衣にガウンを羽織ったフェリシアは、ランタンを手にして寝室から廊下にぬけだした。

廊下のとっつきにもうひとつ部屋があった。複雑な螺鈿《らでん》の装飾に埋めつくされた扉にはちいさな鍵穴がついている。特別な――隠し部屋の風情である。女主人の趣味嗜好のためなのか、穏当なら宝石類をしまっておく部屋か、あるいは、さらに別の情人を匿《かくま》う小部屋を用意するのはパロの貴婦人の常套ではあるが、フェリシアが訪れたその部屋は、小間使いの控え室より殺風景だった。一枚のドレスもしまわれていない衣装部屋といったところか。

奥にカーテンを下ろした箇所があり、彼女はその前に垂れている紐をとって引いた。

いかなる仕掛けか、カーテンはさっと両端に括り上げられ、覆っていたものをさらした。大きな古鏡だった。楕円形の縁を彫金のルアーのバラがとりまいている。年代物らしい凝った作りだが、鏡面はすっかり腐蝕していて、どれほど美しい顔でも映しだせはしない。

フェリシアは鏡の前にひざまずくと胸の前でルーンの印形をむすんだ。赤錆びた老鏡にひたとまなざしを当て、

「参りましたわ。ですから、どうか――」

なやましい表情と身振りでうったえる。パロ宮廷の伝説である美女がなりふりも構わず一心に乞い願う。まるで若返りの呪術をこころみるかのようだ。

やがて――

鏡の面に緩慢な変化があらわれた。赤の色相が変わりはじめたのだ。わずかずつ青みを落としてつきまぜたように、錆びた赤色がじょじょに変化してゆき――映さずの鏡はほどなくして赤紫色に――カラムの実とおなじ色合いに染まりきった。

変化は色だけではなかった。鏡の表面にもやもやした霧状のものが涌き出していた。カラム水の色の霧は楕円の渦を巻き、その渦の中心から黒いちいさな影が抜け出してきた。――蝶だった。

小さな黒い蝶はフェリシアの前を優雅に舞った。ランタンの光に鱗粉をきらめかせ、

しばらく飛び回っていたが、ふいに彼女の——いまなお豊かな胸の谷に飛び込んできた。

「まっ」

驚きの声をあげたフェリシアは頰をあわくそめる。妖花に少女の顔をさせた一瞬——鏡面は光をとりもどした。

たった今磨きだされたかのようにくもりも歪みもなかった、何十年も前にいのちを終えたはずの鏡面が。

鏡に映しだされているのは美しく臈長《ろうた》けたデビだけではなかった。

じっさいとは異なるもうひとつの奥行きの中に、ゆったりとトーガをまとう姿があった。しかし現実の側にその人物も腰かけている肘掛け椅子もありはしない。生地をたっぷりとった紫のトーガには金糸でイリスが縫い取られている。衣装のせいで体格はわからないが椅子に置かれた手はほっそりしてきわめて優美だ。

隠されているのは体型ばかりではない。パロの仮装舞踏会でつける仮面で——それもイリスの意匠であるが——顔を覆っている。

「——ああ」

フェリシアは胸に手をあてたまま呻きを洩らした。——感に堪えぬように。

イリスの仮面がわずかに揺れた。

名を呼ばれたと思って彼女ははっとした。あえかな揶揄《からか》うような笑いを聴きとって、はっとしたように寝衣の前をかきあわせた。その直後にちいさな蝶は彼女の耳朶《みみたぶ》のうしろ——ほどいて長く背に垂らした銀髪の間から飛び出してきた。

蝶はひとしきりひらめいて鏡にとまった、二対の羽をたてて。一瞬のあやかしだった。蛾のように羽がひらかれたとき片ほうの羽は鏡面に対し垂直に——鏡の側に入り込んでいた。現世の側にあった羽も鏡を通り抜け蝶はふたたび飛びはじめた、鏡の向こうの世界を。

カラム色の霧の世界に住む者はきゃしゃな手を持ち上げる。白い長い爪のかたちも美しい指に蝶は羽をやすめ——と思うと溶けたかのように消えさった。彼は——細いが男の手とわかる——その手を耳にもってゆき、耳朶に手のひらをかざすようにした。貝から海の話を聴き取るように。

そうしてからゆっくりと彼女のほうを向く。

（フェリシア）

こんどこそ名を呼ばれた、と彼女は思い、喉まででかかった名を呼ぼうとしたのだが、白い指さきがシッというしぐさをした。

フェリシアはおのれの肩を抱いてかそかに嘆息した。さいぜんの少女めいた生気は萎《しお》れ、鏡にうつった彼女の顔には疲労と翳りがある。

仮面が下を向く、たいそう憂れわしげに。

(恨んでいるの？)とでも聞かれた気がして、彼女は口早に云いかえす。

「恨んでなど——その蝶をうらやましく思っただけです」

するとー—

ふうわり空気をそよがせて、かすかな波動がとどけられた。

「笑ってらっしゃるの？　愚かな女だと」

イリスの仮面は答えなかった。

「あたくしは愚かですわ。それに、ひどい女……でもこれもすべて……」

トーガの肩がかすかにすくめられたようだ。

「ここで申し上げておきますが、あたくしはケイロニアの殿方の家庭的なところを好ましく思っていたのです。あたくしの最初の夫はケイロニアの武人でしたわ。無骨でおせじにも美しいとはいえなかったけれど、短い結婚生活でいつも優しくしてくれて……お話ししたことはあったかしら？」

それは恋多きデビの問わず語りだったのかもしれない。

かつて中原一の美女とうたわれたサラミス公の息女は、アルシスとアル・リース、二人の聖王子から同時に求愛されたが、どちらの王子も選ばなかった。クリスタルを訪れていたケイロニア人の外交官を選んだのだった。彼女の選択によってパロはからくも分裂の危機から逃れたのだ。

「亡くなった夫はほんとうによい人でしたわ。……ディモスさまには夫と似たところがありますの。生まじめで一本気、それはケイロニアの殿方の最大の美徳です。パロの男にはないものですわ」言葉にはかすかなとげがある。

「あの少年のような方に豹頭王をたばからせ、敵対させるより……奥方を裏切らせたことのほうが罪深く感じずにいられない」

ふたたび鏡の中で笑いが響いた。

「ほんとうにひどい——残酷な方なのだわ」

なやましく訴え、雨にあたったルノリアのように首を垂れ、全身で鏡にしなだれかかった。「……そして、あたくしが恋を演じるのもこれが最後になるでしょう。これが最後でも後悔はしませんけれど。これまでと覚悟をきめたとき、これだけは申し上げておきたかった。あのとき——館に炎が迫って、これまでと覚悟をきめたとき、あなたのお声をふたたび聞けて、こわいどころかあたくしはとても幸せでした。今ひとたびお逢いできるなら、この身などどうなってもいい、ずっと願っていたからです」

そこでフェリシアは眦《まなじり》を決して云った。

「でもこれだけは知りとうございます。パロで起きていることをケイロニアのグイン王に知られないようになさるのはなぜなのです？」

（フェリシア……）

ふたたび音にならない深長なため息が落ちる。

「あなた様が幽霊ならなぜ、クリスタルが燃え、市民が虐殺されたことを隠そうとなさるの？　この鏡はほんとうにドールの国と現世をへだてるものなの？　それに――土の中で目なしトルクやうじにかじられふた目もみられぬありさまになったとおっしゃるけれど……」

その人は片ほうの足の上に手を置いていた。彼女の思い人はそちら側の腿を切断されていた……。

フェリシアはなおも鏡に身をおしかぶせるが、その面はイリスの仮面がそうであるように無機質の冷たさをしか感じとらせなかった。そうして急速に光をうしないだした。

ふたたびカラム色の錆に覆いつくされる刹那《せつな》に、（幽霊でもいい、会いたいと願ったのはあなただよ）と云われた気がした。

憔悴《しょうすい》したようすでデビが螺鈿の扉から出ていってから――。

（フェリシア）

ため息はカラム色の錆の向こうからだった。古鏡の、現世との境界の面であるもやはさらに濃く、密度を増して、イリスの仮面はもはやうすぼけた影に過ぎぬ。

その足下により濃い影がよりあつまり、何かの輪郭をなそうとしていた。

やがて――

タールのように濃厚に、むくむくと起き上がる。闇には四つ足と尾がそなわっている。

「フェリシア、美しく、賢いデビ……勇敢で情に篤い。最高のパロ女」

くぐもった声音がつぶやくと、それはぶるっと身震いし、ぶきみな唸りをもらした。

「早合点するな、褒めただけだ。あの人を害そうとは思わぬ」

たしなめるように云うと、ぶきみなのど声はしずまり、長い尾を体に巻きつけ座りなおす。

「悩ましいのはもうひと方の――ケイロニアからの客人だ。招かざる女客。闇の司祭が担ぎ上げんとする廃嫡のケイロニア皇女。大罪を負わされ、闇の川にて生涯を終えるはずだった……。グラチウスはトルクを繁殖させ巨大化させて、騒乱をもたらし豹頭王の妃を手に入れた。その狙いはあくまで豹頭王その人にある。《売国妃》とは豹をとりこめるえさであろうが、竜王は皇女の亡命も老魔道師との連携ものぞんではいない。なにより――醜行をかさね悪女と呼ばれても、かの皇女は平凡な魂しか持たない。炎をつけ放ち国を滅ぼしたドールニアの役柄を果たせはせぬ」

白くきゃしゃな手は、しきりと、ひらたい頭を撫でている。まるで愛犬に話しきかせるように――。

「だがその前にケイロニア皇帝の葬儀だったな。葬儀には供花がつきもの。聖王家からも花を贈らねばならぬ、特別な花を――」

ぼっと音がして、鬼火が灯った。青い炎がゆらゆらとかたちを変え、大輪の花が開花するかのようだった。――さながら青いルノリア《ありえざるもの》。その花の芯からフェリシアを走査したあの蝶が飛びだしてきた。

蝶の舞いをみつめる仮面はほのかに笑っているかのようだ。

3

しゅんしゅんという音が狭い部屋にひびく。火にかけられているのはロンザニア製の黒鉄瓶だ。

サイロンはタリッドの護民兵詰め所であった。

湯を沸かしているのは〈青ガメ亭〉のおかみロザンナだった。

部屋には長椅子が運びこまれ、けが人が寝かされている。横たわっているのはアウロラだった。

ロザンナが金だらいに注いだ湯で、女医のタニスは外科器具とガーゼ、自分の手指を清める。

「どうしてこんなひどいことに……巻き込まれちまったかねえ」

タリッドの肝っ玉おかみと呼ばれるロザンナが愚痴っぽく云う。

タニスは黙って急ごしらえの病床に臥《ふ》しているアウロラをみつめた。青ざめた頬には金の断髪がかかり瞼《まぶた》は堅く閉ざされている。左腕と肋骨を骨折しており、タニスが応急の処置をし終えたところである。

悪名高いよいどれ通りでも一、二を争うがらの悪い酒場だったそうだ。つよい血の臭いに気づいた者からの通報で護民兵が駆けつけて、三十人からのむざんな屍体——尋常でない力にひし曲げられた者もいた——の中に倒れているアウロラをみつけた。

アウロラがサイロンで事件に巻き込まれたのは《まじない小路》の騎士殺しと今回とで二度目、護民兵の中には猜疑と——あたかも災厄をもたらすゾルードであるような目を注ぐ者もすくなくなかった。

それでもラムという兵士が身許保証人のロザンナへの連絡を優先したおかげで、主治医のタニスと従者のユトも同行がゆるされた。アウロラはいったん意識をとりもどしたとき云ったのだ。

「おかみさん、すまぬ。あなたが助けたルヴィナさんを守りきれなかった。ルヴィナさんは勾引《かどわ》かされた……」

「……だから申し上げたんだ」つぶやいたユトの顔の色は、気絶した女主人よりわるい。

「あんな女には関わらないほうがいいって」

「でもそれでも……不幸中のなんとかで、タニス先生がいてくれてよかった。先生は骨接ぎもできるんだね」

「ロザンナさん、わたくしは元は外科が専門だったのです。水軍の頃は……いえ、心の病と取り組むようになったのは後からで……」

いつも受け答えがきっぱりしているタニスが言葉尻をにごす。

「……そうなのかい。アウロラさんの怪我はよっぽど悪いのかい？」

「命に別状はありません。元来健やかな方ですから安静にしていれば回復に日数はいらないでしょう――お体のほうは」

「体のほうは、って？」

「ロザンナさん、わたくしが人の心を癒す医術を学んだのはアウロラ様のためだったのです」

タニスの言葉にロザンナは言葉をなくす。

「かつて――悲惨な事件に巻き込まれ、アウロラ様は心をそこなわれ……幼い少女のようになってしまわれたことがあるのです。ルヴィナさんの症状によく似ていました」

「ええっ、そんなことが……」

ロザンナは小柄な女医をおどろいて見返した。が、その話をそれ以上くわしく聞くことはできなかった。扉が叩かれ、入ってきたのは青と銀の制服姿、さっきのラムという若い護民兵だった。

「アサス護民官は黒曜宮で査問を受けているので今タリッドに戻って来られないそうです」

ラムはアサスの直属の部下だといっていた。その使いできたのだ。

「査問って？」とロザンナ。

「おおかた取り調べに不手際でもあって、おえらがたに油をしぼられてるんでしょう」とはユト。大事な主人を勾留した護民兵には辛辣である。

「ええ、まあ、そういうこともたまさかあるということです」

ユトと年の変わらないラムはあっさり認める。

「いわせて頂くと」ここで牙を剝いたのはタニス・リンだった。「アウロラ様がかような危難に遭ったのには、サイロンの護民官の手落ちもあったんじゃありません？　せんにアウロラ様からうかがってますけど《まじない小路》で起きた国王騎士の惨殺事件と〈青ガメ亭〉の曲者をアウロラ様は関連づけ、護民官にはタリッドの警備の強化を依頼されたときいています。それなのに何の手だてもとられないままに、アウロラ様は重傷を負わされ、病み上がりの娘さんは勾引かされた――サイロンを守る立場としては責任問題ではありませんか？」

「ち、ちょっとタニス先生落ち着いて。この子はお使いで来てるだけだし、幸いアウロラさんの命に別状はなかったんだし……」

「ロザンナさん、ルヴィナさんは私の患者でもあったんです」

いつもは冷静なタニスが目を熱く潤ませている。

ラムは呆れたような目を注ぎ、大仰にため息をつくと、「あなた方って今いる立場がまるでわかってないんですね。――アウロラ嬢が怪異な人死にの現場に居合わせたのはこれで二度目。前回の審問でアサス護民官は懸念を洩らしていました。あのレンティア人を自由にしてまたやっかいの火種になりでもしたら黒曜宮と豹頭王陛下に面目が立たないと」

「なん……っ！」

タニスは言葉をなくした。

「重傷ということで特別に治療を認めましたが、サイロンの法により、意識を取り戻しだい詳しい事情を訊かねばなりません。もちろんその間勾留します。お仲間の方もどうように」

「冗談ではないわ。アウロラ様はひどい目にあわされたのよ。犯人をつかまえるのが先決でしょう？　それにルヴィナさんを探しだして身柄を保護することが」

「身許もしれない女なんでしょう？」

「身許はわからなくてもサイロン――ケイロニアの女性にちがいはないわ。アウロラ様はケイロニアの娘さんを守ろうとして危難に遭われたのよ」

タニスは感情を剝きだしにした。

ラムはかるく肩をすくめ、「どうでしょうか。溺れて河原で見つかったという女については、それらしい家出人も行方不明者も届け出はない。ほんとうにいたかどうかさえ解ったものじゃない」

「いたんだよ！　ルヴィナさんは。いえ…本当の名前はわからないけれど……」

ロザンナの語尾は尻つぼまりになる。

「聞けば聞くほど妙な話ですね。いたかどうかさえ解らない女のために三十人からの人間が殺され、外国の旅行者が重傷を負わされるなど。その旅行者は以前も酸鼻《さんび》な殺害現場に居合わせ、その仲間ときたら護民兵にひるむどころか食ってかかる。よほど心持ちが鈍いのか、あるいは重罪を犯しても護民兵ごときには裁けないたいそうな身分であるのか？」

いやみともつかぬ云い方である。

「こいつただの使いじゃないみたいですよ？」

ユトがタニスに耳打ちするのにラムは耳ざとく、「いえ、お使いに過ぎません。今の護民官が更迭《こうてつ》になったら次の護民官にどう取り入るかは悩みどころですが」

「ははん」

ユトは目をきらめかせる。

「タニス先生、こいつは、サイロンに来てはじめて会った規則の例外のようですよ」

「なんのこと？　ユト」

根がまじめな女医はユトの顔を見直す。

「ぼくらに取引をもちかけにきたんだな？」

ラムはもういちど肩をすくめると、

「魔道の心得でもないかぎり、ひとりで店中の男を殺せるとは思えません。だが前回のこともあるし、アサス護民官が立ち会えないとなると、新しい護民官のもとで詮議は一からやりなおし。そうとう時間がかかりますよ？　それがおいやなら保釈金を積むことをお勧めしますがね」

「保釈の便宜をはかるから、袖の下をはずめっていいにきたわけか」

「そんなことにビタ銭《ター》一枚払う謂《いわ》れはないわ」

タニスは眦をつりあげる。

その時だった。

「……うう」

怪我人がひくい呻きを洩らした。

「姫さまッ！」

ユトは思わず長椅子にかがみこむ。

音がするかと思われたほど激しくレントの海の青い目がひらかれた。

「……ユト、ルヴィナさんが！」

そう云うなりアウロラは起き上がろうとする。

「まだ動いてはいけません。肋骨が折れてます」

タニスがやんわり押さえつけようとしたが、歯を食いしばり上体を起こして、

「……わかっている。が、寝てなどいられぬ。ルヴィナさんはケイロニア王妃だったのだ。その――シルヴィア妃を、黒魔道師とその僕《しもべ》とが店中の者を殺《あや》め攫《さら》っていった！」

絞り出すように云いつのる、アウロラの美貌に血の気はなく苦痛の汗が玉になっている。

「な、なんだって……」

ロザンナが絶句する。

他の者も――詰め所にいた全員が驚愕にうち据えられた。アウロラが次の言葉を発するまで誰も声ひとつ出せずにいる。

アウロラが見据えていたのは制服の姿のラムだった。そして、云った。

「今すぐわたしを黒曜宮に連れていってくれ。ハゾス宰相――いや、ただちに、ケイロニア国王グイン陛下に目通りを願いたい。会って直接伝えねばならぬ。サイロン、ケイロニアのために！」

しかしラムは冷や水をかけるように、

「黒曜宮は大帝の崩御による後継者会議のまっさい中だときいてますよ。護民長官から

サイロンの事件は護民兵の手で解決するよう通達をうけたばかりです。ことに売国妃にかかわる苦情——というか訴えは多すぎて、護民庁にも受理する係を設けていたぐらいなんです。それが見つかったのならまだしも、また攫われたというのでは誰もまともに取りあわないでしょうね。シルヴィア妃の名前を出しただけで、また売国妃かと疎《うと》んじられ訴えを退ける役人もいるぐらいです」

「それでも真実なのだ」

アウロラは射抜くような目をラムに注いだ。

「あなたが口にするのはとんでもないことばかりなのに真実味がある。以前アサス護民官もそう云ってふしぎがってましたけど。サイロンとケイロニアのため——外国の人なのに本心そう思っているようだ……」

ラムは感心とも呆れともつかぬ口調になる。

「きっと今までルアーに照らされた道だけを歩んでおいでなんでしょうね」

揶揄《やゆ》するようなせりふに反応したのはタニスだ。

「ルアーだけではないわ、姫様の進んできた道は」

ラムは眉を上げる。

「——タニス先生」

アウロラにたしなめられ、

「失礼しました、差し出がましいことを……」

若い護民兵は改めて異国の女剣士を見直す。際立った美貌に珍しい色あいの金髪、ゴロツキやコソドロを震えあがらせる詰め所にあって、怯えも卑屈な態度もみせてはいない。

ラムはアウロラの目にしばし見入っていた。

「ふむ――そういうことなら」何ごとか思いついたようだ。「黒曜宮の王様に目通りする方法がまったくないわけでもない」

「ありがたい、教えてくれ」

アウロラは目を輝かせる。

「その前にひとつ教えて下さい。アンテーヌ選帝侯直筆の旅行手形をお持ちなのはどうしてだったんです？」

「亡き母の知己《ちき》なのだ、アンテーヌ侯アウルス・フェロン殿は」

アウロラの声音は深かった。

「……そうなんですか。アンテーヌ侯といえばサイロンの復興に大金を融通してくれて、今やハゾス宰相も、豹頭王陛下その人さえ、アンテーヌには頭が上がらないといわれている。だからこそあなたの旅行手形には威力があった。それがもし――」

ラムは声を落とした。

「偽物と判明したら？」

「なんだと」

「再び密偵の疑いが浮上してきますよね？　さらに今回の〈モグラの穴亭〉の大量虐殺と《まじない小路》の騎士惨殺にも関与が疑われるとして黒曜宮に連行します。護民長官より上の権限をもつ市政長官のアトキア侯、さらにその上——国王陛下の裁決を仰ぐというわけです」

「なるほど……ッツ」

アウロラは痛みに顔をしかめる。

「そんなことをして王宮の武官から危害を加えられたらたいへんだわ！」

青ざめるタニスにアウロラは微かな笑みを向けた。

「それこそ願うところだ。国王直属の騎士にシルヴィア妃が拉致されたとうったえる」

「いけません、危険すぎます。だいいちお体のほうが……」

「大丈夫だ、タニス先生。ここはケイロニア。元首は豹頭王その人だ。嫌疑をかけられただけで非道な目にはあわされぬ。王に王妃の真実を伝えるためだ、この際手段はいとえぬ」

アウロラの目は青い炎のようだった。

「そうだ！　アウロラさんを豹の王様に会わせたげよう」ロザンナはその炎が燃え移っ

たかのように云う。「さらわれたルヴィナさん——王妃様？　ああもうっ、どっちだっていいよ。あの娘さんのために手をつくそう！　あたしは店にもどってユーリィに荷車を用意させる。荷車を担架のかわりにして風が丘への道をのぼればいいよ」

「おかみさん……ありがとうござい……ま……す」

アウロラの笑みは弱々しかった。激痛で失神寸前だったのだ。

護民兵ラムの策略はあんがいすんなりケイロニアの行政組織という堅牢なシステムを突破した。アウロラを乗せたガティの粉袋用荷車に黒曜宮の門がひらかれたのはそれから二ザンもしないうちだった。

＊　＊　＊

「なんだと？」

サイロンの市政長官であるアトキア侯マローンは声を大きくした。護民長官のグロスから、密偵と騎士惨殺の疑いのある者が黒曜宮に引致《いんち》されたと聞かされたからだ。

それまでマローンはグロスと共に、口入れ屋ライウス脱獄の件で、護民官アサスに事情を訊いていた。ライウスはサイドンの選帝侯会議でダナエ侯にグイン王の誹謗中傷《ひぼうちゅうしょう》を吹き込んだとされる。今回の選帝侯会議——ひいてはグインの皇帝擁立を転覆させる陰謀の関与も疑われる人物である。脱獄を牢番の手抜かりとして内々で処理し、黒曜宮への報告を怠ったアサスの責任は問われるが、会議のさなかに起きたダナエ侯の毒殺や、毒使いとおぼしきパロ人の暗殺どうよう端々にあやしい影がちらつく。平凡な初老の男が鋼のいばらを生やした塀をどうやって越せたのか？　アサスは譴責《けんせき》処分にしたのだが、公正な性分のマローンはすっきりしていなかった。

これまで、黒死病と邪悪な魔道師の抗争とに痛めつけられたサイロンの都を復興すべく力を尽くしてきた若き選帝侯だが、売国妃の噂に始まり、大帝崩御、狂瀾のうちに中絶した選帝侯会議、イリス監獄の脱獄と監督不行き届きと続いてはさすがに神経がまいってきていた。

それでも、若く市政の理想に燃えた彼には、護民兵からの再審請願をむげに退けたり、護民長官まかせにすることはできなかった。

（私はアサスにアレクサンドロスの法の教えを説いた。そこから無罪の確証を得たと聞いている。それが裏目にでたとしたら助言した私の責任――いや落ち度だ。私は今のサイロンの舵とりにはふさわしからぬ若輩者なのか？）

弱気の風が自己否定をもともなう。

（陛下でなければだめなのか、やはりここは豹頭王陛下のお力でなければ解決できぬのか？）

しかしそのグインは、ケイロニア皇帝にして義父アキレウス大帝を失ったばかり。今は星稜宮で喪に服している。ケイロニア王とアキレウス帝との深い絆を知るからこそ、マローンは服喪の——死者との語らいの時間を今は乱したくなかった。

「よし！」

グロスが驚いてふりむいたほど大きく声に出し、「その容疑者という者にとにかく会ってみよう」

何ごとも前向きに、正方向に向かって行動する。そのことをマローンはグインの行動規範から学びとってきたと思っていた。——行動し、決断し、また行動する。

若き選帝侯はひとつうなずくと大理石の廊下を大股で歩みだした。

そこは黒曜宮の北辰の間であった。

二千人からの人間が仕える宮殿うちで諍《いさか》いごとが起きた場合その調停につかわれる。身分の高い者の裁判につかわれる星辰の間よりかなり小さい。天上にはその名の由来であるポーラースターを中心にして神秘な意匠が描かれ、床には濃い青藍《せいらん》色のじゅうたんがしきつめられていた。

そのじゅうたんの上に衛兵に監視されながらも毅然と頭を上げている者たちにマローンは驚きの目をむけた。

一歩前に出てきて「タリッドのラムと申します。マローン閣下にはご無沙汰しております」丁寧にお辞儀をしたのは若い護民兵だ。この二十歳に満たない青年以外の五人全員が北辰の間に異彩を放っていた。

中年のケイロニア人らしい恰幅のいい中年女は、下町の女らしい飾りのないもめんの服を着ている。対照的に小柄な色の黒い女は、ずいぶんするどい目をしている。その二人の前に担架が置かれている。けが人を荷車から担架に乗せかえ、宮殿内でも衛兵に担ぎ役を渡さなかった三十がらみの黒髪の男と、さきの護民兵と同年輩の青年。

そして――

二人の女と二人の男に守られるようにして担架に乗せられている者――密偵の首謀格で惨殺の下手人とも目されると事前に知らされてはいた――は胸に幾重にも包帯を巻き片腕に添え木をした痛々しい姿をしている。

「サイロン市政長官のマローン・マルティヌスだ。面を上げよ――」

マローンはその者の顔を見たとたん、驚きに大きく瞬きした。

（アラン殿？）

その美貌はアンテーヌ子爵アウルス・アランにうりふたつだったのだ。

（いや、ばかな……だがそれにしても似ている）

「マローン殿、初にお目にかかる。レンティアのアウロラ・イラナだ」

声はひくかった。アランより、むしろ。独特な声の響きからは男女の別さえおしはかりがたい。そこでアランとのちがいに気づいた。肌の色だ。小麦色に陽焼けしたその肌からは、アランとも、他のどんなケイロニア人とも異なる香りがした。一瞬、アウロラを取り巻く青藍のじゅうたんが青い青い海原に変わった――ような気さえした。陽光にきらめく白い波頭や、エキゾティックな風物が脳裡に像をむすぶ。

それまでマローンはレントの海を書物のページでしか知らなかったのだが。

4

市政長官であり選帝侯である者を前にしてもアウロラは臆するものではなかった。だが体の痛みは熱をともない、ともすれば意識もうろうとしてくる。ぐっと奥歯を噛みしめ、意志を奮い立たせて云った。

「わたしは旅行者でタリッドの〈青ガメ亭〉に寄宿している。まず最初にいっておくが密偵ではない。手形偽造の件は早急に黒曜宮に入るための方便だった」

あっさり秘策を明かされ（あちゃあ）と顔をおおいたくなったのはラムである。

「大ケイロニアに害を及ぼすやからが何を云いおるか……」

グロス護民官の怒声には呆れもにじんでいる。

「一ザンでも早く豹頭王に伝えねばならぬことがあるのだ。わたしを信じてほしい。密偵の嫌疑はこの手形が晴らしてくれよう」

タニスが代わりに旅行手形を大きく開いてみせる。選帝侯長老アンテーヌ侯の署名と白鯨の紋章を見せつけられ、アトキア侯マローンはちいさくうめく。

「アウルス・フェロン殿の手蹟だ……」

「確認してもらえたか？――わたしは奇怪な事件の場に二度遭遇した。その場で知ったのだ。サイロンの人々を殺めたのは黒魔道師であり、その企みによって罪なき若いケイロニア婦人が勾引かされた。この拉致こそ重大事だ。ロザンナさんに命を救われ〈青ガメ亭〉で養生していた娘――記憶をなくし素性のわからなかったその人こそ、豹頭王の妃、ケイロニア皇女シルヴィア殿だったのだ！」

アウロラの声は北辰の間の空気を震わせて響いた。

意外で重大ななりゆきに、護民官グロスは声をなくし、隣の市政長官マローンをうかがった。マローンは大きく目をみひらきアウロラと目を合わせたまま立ちつくしていた。

アウロラは言葉をつらねた。

「〈青ガメ亭〉で保護していた娘がケイロニア皇女と同一であった証拠をわたしは何ひとつもたない。話を信じてもらうしかない。ルヴィナさん――そう呼ばれていた娘は、溺れたせいか言葉と記憶に障害をきたしていたが、アルビオナの肖像を知っており、パリスという男の名を口にした」

「アルビオナの肖像画はハゾス宰相が所蔵している名画だ。パリスとは……王妃宮の下男の名だ」その名はかんばしくない噂と共にマローンに刷り込まれていた。

ロザンナが云った。

「証拠なら、これが——川から引き揚げられたとき、ルヴィナさんが着ていたものです」

ロザンナは油紙につつんだものをラムに渡し、さらにグロスが受け取って中をあらためる。絹の生成《きな》りの寝間着が折り畳まれていた。

「闇の丘の女官に検証させますか？」

グロスに耳打ちされマローンは黙っていた。黙ってアウロラの目をみつめた。青い双《そう》眸《ぼう》から発されるものに見入られたように。

「あの人が云っていることが真実なら、ゆゆしきことだ……」

「ことはあまりにも重大です、慎重な検証が必要かと」

「重大だからこそ急を要するのではないか？」

アウロラは云った、胸に下げたニンフの指環をまさぐりながら。

「ルヴィナさんを拉致した魔道師……」一瞬云いよどんだアウロラだがニンフの指環は確かな熱を伝えてくる。「闇の司祭はこう云ったのだ。この娘には重要な役目がある。《売国妃》とは、重大な運命を、ケイロニアと中原の歴史にもたらすのだ、と」

さらに云いつのる。

「そのような企みにあの人を利用させてはならない。あの、よるべない少女のような魂の持ち主を闇の手から取り戻してほしい。救えるのは豹頭王グイン殿を措《お》いてほかにない」

「――アウロラ殿」

アウロラの勢いに押され気味だったマローンがようやく云った。

「あなたの仰ることは理解した。とてつもない話だが……真実なら……ケイロニアにとってゆゆしい大事件だ。慎重かつ危急に対策を講じねばならぬと思う、のだが……」

ここでマローンの歯切れはわるくなる。

「大ケイロニアの姫が魔道師に拉致されたなら取り戻すことは理の当然――だがシルヴィア妃殿下は今や……亡き大帝陛下のご息女として数奇なお立場にある」

マローンは眉を困惑に曇らせる。

「黒死病を撒いた下手人だなど、冤罪もいいところだ。まさか黒曜宮でも信じている者がいるのか？」とアウロラ。

「シルヴィア殿下の汚名はそれだけではないのだ。ケイロニア宮廷と皇帝家の名誉にかかわることなので私の口からはいいづらいが」

清廉な人柄の青年侯は額に汗をかいていた。

「女性として倫理に外れた行いをしたということか？」

アウロラはきわめて淡白に云ってのけた。

マローンはすこしく気が抜けたように、

「ご存知だったのか。さよう――異国の方に説くのも気がさすが、わがケイロニアは女《にょ》性《しょう》――特に高貴な女性に貞淑をのぞむ気風が強くある」

「その逆の行いをした者は国中の非難の的――ということですわね」

鋭く云ったのは女医のタニスだった。

「その通りだ」マローンは率直にみとめた。

「シルヴィア殿下は不行跡をもって離宮に封じられることになり、そこで事故に遭われ、生死不明のまま廃嫡《はいちゃく》された。私は選帝侯会議において票決を下した……一人だ」

「ルヴィナさんの病がぶりかえしたのは廃嫡の事実を知ったせいだったか」

アウロラはよいどれ小路でルヴィナがとった異常な行動を思い出していた。

「シルヴィア殿下はお心の病でいらしたのだ」

マローンの言葉の裏にあるものを突くように、タニスはするどく云った。

「解っていながら適切な治療をほどこさず、幽閉所に隔離してしまったのね！　患者を悪化させるばかりだわ」

「それはちがう。ハゾス宰相は手を尽くされたと伺っている。シルヴィア様のお体とお心をおもんぱかり、女官の人選にも配慮に配慮を重ねた。しかし心の病の前には功を奏さなかったのだと聞いている……」

「タニス先生――」とアウロラは云った。「心の病がいかにやっかいか、自分ではとどめられぬ衝動に見舞われる。わたしにも経験がある。この件でマローン殿を責めるのは見当がちがうと思う」

マローンはアウロラをまじまじと見直す。（あっ）と声をあげ、そのことにやっと気づいたというように、

「アウロラ殿、あなたは……女性なのか？」

アウロラは透明な目を向けうなずいた。

「ぶしつけを云って申し訳ない。……かように、ケイロニアの男は女性の繊細な心のひだを解さない朴念仁《ぼくねんじん》ぞろいなのです。そのことがシルヴィア殿下の病を深めた一因かもしれないとは悔やむところではあります」

「朴念仁とは逃げ口上ですわね」とタニス。

「だがたとえ皇帝の後継者として廃嫡されても、豹頭王グイン殿にとって、シルヴィア殿が妻であることは変わらぬ事実。魔の手に落ちたと知れば放ってはおくまい。一刻も早くこのことを豹頭王陛下に伝えねばと思った。シルヴィア妃を――ルヴィナさんを救い出してほしいと」

アウロラは万感をこめて云った。

と、その時――

北辰の間の奥の扉がひらき、マントに身をつつむ大柄な人物が入ってきた。

小姓による先触れはなかったが、その場の誰もが見えざる力に引かれるように、その威容に向かって姿勢を正し、仰ぎみるような視線を送った。

濃紫の地に金糸の縫い取りがある長いマントを付け、光沢のある黒い絹の着衣に偉丈夫《いじょうぶ》をつつんでいる。フードははねのけられ、常人のものであるはずがない特異な丸い頭部があらわにされていた。

黄色い地に黒の斑紋のあざやかな毛皮、こわそうな髭、黒い鼻づら、頭にぴたりと張りついた耳。あやしいトパーズ色の豹の目と目があったとき、アウロラは呻いていた。

「豹……とう王……グイン……」

ケイロニアの生けるシレノス。アウロラは数年前にパレードで見かけていたが、これほど間近く本物の豹の顔と、比類なく見事な戦士の肉体を目にしたことはなかった。驚きと感嘆の念が入り混じり青い瞳をくるめかせた。

「陛下──いつ星稜宮からお戻りになられたのです？」とマローンが訊く。

「つい先ほどだ。話は扉の向こうで聞かせてもらった」

牙をそなえた野獣の口から深みのある男性的な声が響いた。

「わたしの話をきいたならば──」

アウロラは豹頭王グインの目をすがるようにもとめた。

「沿海州レンティアからサイロンにまいられたか──アウロラ殿」

グインは暁の女神の名を噛み締めるように云った。

アウロラは食い入るようにグインをみつめていた。威風堂々。並外れた強者のオーラ。広刃の鋼の剣を腰に帯びた異形の男は、世界最高の戦士にまちがいない。剣の道を進んできた者に、はっきりと告げるものがあった。

「……そうです、豹頭王…陛下」

そう云ってアウロラは、あやしい眩暈《めまい》をおぼえた。豹頭の王に謁見している――この驚くべき体験を過去に知っていたかのような感覚におちいる。それに豹頭王が部屋にはいってきた時から、これで大丈夫だという――強い安心感がわきあがっていた。じつはタニスに処方させた鎮痛薬がそろそろ切れようとしていたのだが、グインを間近にし同じ空気を吸っていると、堪えがたい痛みがうすれ呼吸も楽になってきていた。これもグインという稀有の存在の影響なのか？　あやしい思いもよぎったが、圧倒的な安心感につつみこまれると、それまで張りつめなんとか持たせてきた神経が――たがが緩んだ。

視界の中で豹頭偉丈夫の姿が急速にぼやけ、かすんでいった。

「豹頭王…ルヴィナさんを……」

必ず助けだしてほしい――とつづくはずの言葉は音にならなかった。ふいに瞼の裏にあふれた真っ白い輝きにアウロラの意識は呑まれた。

次にアウロラの目に映ったのは若草色に染まるけしきだった。

見渡すかぎり緑の丘にアウロラは立っていた。

(ここは、どこだ?)

風が吹きぬけ、草の葉がさわさわとそよぐ。

《風が丘》という名が思いうかんだ。

(……そうだった。風が丘の黒曜宮を訪れていたのだ。北の大国、父の国であるケイロニアの七つの丘のひとつ)

思い出していた。祖国を出奔《しゅっぽん》してからのさまざまな出来事を。

——と、

「アウロラ」

名前を呼ばれ、ふりむいた。

「ふふっ」

もめんの清楚なドレスにパン作りの前掛けをかけた若い娘が笑っている。

「ルヴィナさん!」

アウロラの声は弾んだ。

「ぶじだったか?　よかった」

アウロラもほほ笑んで、娘のもとに歩み寄る。

「アウロラ」

そこには三つ葉がたくさん繁っていた。長い茎の先には白い蝶に似た花がついていて、それが風に揺れている。

ルヴィナはいったんしゃがむと、足下から取りあげたものをアウロラにかざして見せた。両手に捧げもっているのは、シロツメクサで編まれた冠だった。それはたいそう上手に編まれていた。

「ルヴィナさんは手先が器用だな。──それを、わたしに？」

ルヴィナはほほ笑んでうなずく。小柄な娘が背伸びをしかけたので、アウロラは腰をかがめて云った。

「ありがとう」

シロツメクサの冠がこうべに載せられた刹那──

「あっ、ッッ…！」

アウロラは苦鳴をあげた。

草冠がにわかに棘《とげ》の冠に変わったように、鋭い痛みに見舞われたのだ。そして、ぬるりと、額を流れつたってきた血が両眼に入った。

真紅に染まったアウロラの視界でルヴィナの姿が変容する。平凡な町娘のいでたちが、ケイロニア皇女の華やかなドレス姿に変わる。それも一瞬のことで、次にかたちをなしたのは豪華なうちかけをまとった、ほっそりした姿だった。

真紅の瞳、雪白の肌、丈なす乳白色の髪。

(ティエラ)

白子の偽妹だった。

レンティア王室の「とりかえ子」。ものまね鳥が別の小鳥の巣に卵を産みつけ、その卵から孵った雛が長じて本能に目覚めるように、正嫡の王子王女を排除しようと企てた。かつて一国を揺らがせたお家騒動。しかし——アウロラは、ティエラひとりを悪魔と決めつけ憎むことは出来なかった。白い畸姫《きき》には、生まれついての虚弱と、憐れむべき宿命があった。

「アウロラねえさま——」

ティエラは口の端をつりあげた。人形のように整った顔立ちに、あやしく美しい微笑をうかべている。

「あうっ！」

さらに激しくなる苦痛は、頭の周りだけでなかった。胸にも、腕にも——骨ごと叩き割るような衝撃と痛みが見舞う。

母王ヨオ・イロナの形見のうちかけから伸びた、骨のように白い手がユーレリアの妖花のようにゆらめきアウロラをいざなう。

「あのときドールに捧げるとおっしゃった貴女の腕をいただきにあがりました。いとしい、うとましい、ねたましい――やっぱり愛おしいおねえさま、ぼくの暁の女神――さあ、貴女の左腕を――」

「ティエラ……」

「あなたは云われた、共にドールの闇に下ると――誓いの印にその腕を捧げると」

「渡せぬ、今は。わたしには――すべきことが、まだある」

「まだ？　まだ未練があるのか？　こんな呪わしき現世に」

白い面を笑みくずす、妖瞳《ようどう》をほそめて。

「ハハハッ！」

この世のすべて、生者の営みをことごとくあざ笑う。ドールの愛でたユーレリアの嬌《きょう》笑《しょう》が耳を聾《ろう》するかのように響いた。

「あいかわらず、物好きな方だ、貴女は」

ふいにティエラは笑いやめ、さびしげな表情をアウロラに向けた。よるべない、巣の中で自分だけが異質だという孤独と絶望に養われた「とりかえ子」の素顔。それがかれの真実だった。理解できたからこそアウロラは、その悪を憎んで斬り捨てることができなかったのだ。

「やはりあなたは女性なのだ、そのことをかえりみたほうがいい。あなたも、あなたご自身の傷をいたわり、いとい、養生されるとよい」

白子とも思われないせりふに驚かされる。声の質もちがう。ずいぶん太く、おだやかだ。

「……ティエラ？」

目の前にさしのべられているのは太くたくましい手だった。戦士の手だ。歴戦の――いくつもの古傷をうっすらと白い痕に残しながら、奇妙なほど、あたたかさと頼もしさ――やさしさをも感じさせる。アウロラは何もかんがえず、さしだされた手をとった。

（あたたかい）

そのときになってやっと、堪えがたい痛みがやわらぎ、呼吸がずいぶん楽になっていることに気づいた。

（あなたは、ティエラではない――痛みを消してくれたのはあなたか？　あなたは白魔道師か？）

世捨て人とは思われなかった。アウロラが触れている体は、比類なくたくましく、観想をもっぱらとする予言者とはオーラの質が違っている。たとえるなら天の星辰のひとつとルアーぐらい違う。おもわず胸のニンフの指環にうかがいをたてようとしたが、その前に――

世界が――アウロラを包む空間――いま足をつけているシロツメクサの群生と緑の丘

とがくにゃりと歪んだ。

(何なのだ……)

アウロラはあわてて、戦士の手をにぎり、すがり直そうとした。そのとたん、空間は統一性を失ったかのようにさらに歪み、ねじれまがって旋回し、ふり飛ばされたアウロラの意識は暗転した。

＊　＊　＊

「お気がつかれました？」

耳元でしたのは、タニスの声だった。

アウロラはひくく呻いて瞼を上げた。見知らぬ寝室の、大きな寝台に寝かされていた。タニスの他にロザンナとユトがいた。

「わたしは？」

「今までずっとお眠りでした。鎮痛剤が強すぎたようです」

タニスは済まなそうに云った。

「……ああ。効き目の強いくすりにしてほしいと頼んだのはわたしだ。先生に責任はありません」

「でもまだ寝てなくちゃだめだよ。アウロラさん、あんたは大怪我してるんだから」

ロザンナは心配からか、怒ったような表情をしている。アウロラは少しわらって、顔をしかめた。やはり痛かった。だが苦痛に確かめられることはある。左腕はまだ失っていない。

「ルヴィナさん――シルヴィア妃について、豹頭王はあれから何か？」

「直属の騎士に命じて、地下酒場から下手人の足どりをたどり、同時にサイロン中に検問をもうけるとおっしゃってました。その黒魔道師に思いあたりがあると云って――」

「王はパリスという怪戦士について心あたりがあるのだろうか？」

「さあ、そこまでは――豹頭王は、姫様に、お妃様を助けてくれたことに深く感謝すると云っておりましたわ」

「あたしにもね、ケイロニアの王様がじきじきに、ありがとうって、手をとって云ってくれたんだよ。お妃様によくしてくれたって！」

ロザンナはその時の感激を思い出したらしく、頬を紅潮させている。さきに王妃を陥れたのは豹頭王ではないかと疑ったことなど忘却したように。それも無理はないかもしれぬ。ひとたび豹頭王を間近くし、みじかい言葉をかわしただけで、その王者の風格と品性が、悪しき先入観をあとかたもなく吹き飛ばしてしまう。それほどに圧倒的な存在感の持ち主だった。

「それにね、ほんとうに優しくて思いやりにあふれたお人なんだよ。気を失ったアウロラさんを、担架から寝台に――豹頭王様がその手で移してくれた。しかしすごい力持ちだねえ、いとも軽々とまるで羽根でも運んでるようで、目をまるくしちゃったよ！」

「たしかに力持ちでしたよね。でもぼくだってあれぐらい背と重さがあれば――」

ユトが無口になっているのは、アウロラ付きの従者として、複雑な思いを抱いたからのようだ。じっさいユトより長身で筋肉質のアウロラである。軽量とは云えない。並の男なら抱き上げるのも難儀であろう。それを傷に障らないよう、そっと抱き上げ、そっと抱き下ろすのは豹頭王グインの膂力《りょりょく》だから可能だったのだ。

タニスが云う。

「お妃様の病気には王も苦しんではいたようですわね。さっきのマローンという若い大臣から聞きましたけど、不安定なお妃を一人にして出征したことが、病を進行させた一因だと云ってましたわ。その上パロに赴いた王もまた精神を欠損し、そのことがさらに王妃とのみぞを深めたようだと」

「豹頭王が心に傷を――？」アウロラは意外な事実に大きく目をみひらく。

「パロ内戦のさなかに、記憶のいちぶに障害を受けたそうなのです。ケイロニアに帰還した当初は、その事実が宮廷と国政に不安を与えることを懸念し、おおやけにしていなかったそうですが。ルヴィナさん――いえお妃様の精神を診た医者だと自己紹介しましたら、内明話におっしゃいました。明け広げな王様ですね」

タニスは感心したように云う。

「そうか」

「それに――」タニスは声を落とした。

「これもマローン侯から聞いたことなのですが、お妃様は幽閉所にあって――豹頭王様のことを悪魔だと罵《ののし》っていたそうなのです」

「なんだと？」アウロラは眉を上げた。

「そうなんだよ、その話を聞いてあたしもびっくりしたんだけど、あたしが浮浪人の男から聞いたのとそっくり同じことを、つむりの病気で閉じ込められていたお妃様は叫びつづけていたって……」

「それはどういうことなのだ？」アウロラは訝しがる。

「わかりませんわ。夫婦の間のことですから。――サリアが絆をつなぐ帯の模様は、ヤーンそのひとにも読み解けぬ複雑なもの、といわれるぐらいですし」

タニスは意味深長な言い回しをした。

「お妃様は愛人を作っていたというから、そこらに理由があるのかしらね」

「たとえ夫婦の間に確執があったにしろ、豹頭王なら――かつて妃と呼び、愛情を誓った女性を、攫われたままにはすまい。ルヴィナさん――いや、シルヴィア殿をかならずや救出してくれると信じる」

アウロラは噛み締めるように云った。

「アウロラさん、あたしも気持ちは同じさ。じつはお妃様で、こんな大きな宮殿に住まわれていた雲の上のお姫様であっても、あたしたちにとってルヴィナさんはルヴィナさんだよ。ぶじに助け出されることをヤーンに祈るよ」

ロザンナは敬虔に胸の前で印を切る。

そのときアウロラの瞼の裏には、夢で会ったルヴィナの少女めいて天真爛漫な笑顔があった。

第二話　サリアの奇跡

1

ケイロニア最北の地──ベルデランド。

東はナタール川とヴァーラス湖沼地帯、北西部にはタルーアンの領土である針葉樹の森と永久凍土が広がっている。

ベルデランドを治める選帝侯の一族は英雄シグルドの末裔《まつえい》といわれている。古くはベルディアと呼ばれる地領を治めていたが、周辺の地方豪族を従え小国家の王となった。

ケイロニア大公国のケイロン・ケイロニウスがケイロニア統一を呼びかけたとき、第十五代目のシグルドを名乗っていた、ベルデランド公国のベルディウス王はその翼下にはいる決断を下し、その頃タルーアン領に突き出た要地に建設中であった大城砦を、完成と同時にベルデランド選帝侯の主城とした。英雄王、統一王の血をひくことを何より矜持《きょうじ》としていた北の王は、初代の皇帝となるケイロン・ケイロニウスが掲げる建国の理念につよく心をうごかされて剣を捧げ、同時に自ら北の守りの要となることを誓った、とベルデランド・サーガに語られる。遠隔の地にありながらベルデランド選帝侯のケイロニウス皇帝家への忠誠心は今も変わらず篤く、ベルデランドはケイロニア最北の堡塁《ほるい》となった。

ナタール川に翼をやすめる白鳥《ヴィーヴィー》に喩えられる広壮優美なナタール城であるが、峻厳な尖塔を何本もそなえ広大な所領の監視を怠ることはない。

この辺境の地にあって警戒すべきは赤毛巨軀の異民族ばかりではない。自然という巨人こそ、選帝侯も領民もひとつになって立ち向かわねばならぬ強敵である。厳冬期ともなればナタール川も大小数多い湖も凍り付き、ブリザードはいともたやすく人馬の命の炎を凍り付かせる。短い夏が終われば、寒気の訪れと共に、冷たく頬をそぐ風が、その敵の訪れを知らしめるのだ。

今——

イトスギとカラマツばかりの荒涼たるけしきの中を風を突いて走る騎馬の姿があった。馬はベルデランド産のたくましい長毛種である。

騎手は黒い革の風よけのマントを着け、同じく黒革の籠手《こて》をはめている。雄渾《ゆうこん》な体格と、北原の狼のように鋭い目を持っている。双眸は晩秋のナタールを思わせる青さ、その髪はルアーの光輝をあかがねの色で弾きかえしている。

ベルデランド選帝侯、ユリアス・シグルド・ベルディウスその人であった。近習の一人さえもつれず、岩の多い緑にとぼしい丘陵に馬を走らせていた。道は整っておらず、つづら織りの坂道だが、ユリアスは苦にするでもなく馬をあやつる。途中から道は下り坂になり、丘の中腹にうがたれた裂け目——奇岩に囲まれた洞穴にみちびかれていた。

ユリアスは洞穴の入り口で馬から降り、手綱をひいて岩屋にはいった。雪嵐と悠久の時間に形作られた奇怪な景勝くぐりは、シグルドの冒険のひとつとして知られるアスガルンの母神の胎内めぐりを思わせるが、馬を歩かせるだけの道幅に踏み固められており人為的な——人の営みの痕跡がある。

「鬼の岩屋」と呼ばれる——その洞穴はナタール城から北西に十モータッドほど離れたところにあった。すでにタルーアンの領土だ。

岩屋に入るとユリアスはマントをぬいだ。羊毛で織られた上着の留め具をはずし前をひらいた。岩場の中はたいそう暖かいのでそれでも額にうすく汗するほどだ。青の月ともなれば朝夕に手指がしばれる最北の地にあって奇跡のような場所である。ここが「鬼の岩屋」という呼称をベルデランドの民から奉られているのは、異民族にして蛮族の版図だからなのだ。

馬の嘶《いなな》きに気づいて、奥から女がひとり出てきて、

「おや、ユリアスさまだ。いつの間に来たんだ？」

ユリアスの体格には及ばないが大柄な女だ。口調はがさつなぐらい素朴で、選帝侯への謙譲などあったものではないが、その分親しみがこもっていた。

「たった今だ、ルマ。ヴィダ殿に会いに来た。馬を頼んでいいか？」

「あいよ。巫女さまなら北星の間だ。──それは、土産か？」

ユリアスが携《たずさ》える重たげな革袋をしげしげ覗きこみ、鼻をひくつかせる。

「そうだ」

「ユールだね？　巫女さまのお好きな酒。あたしも好物だ」

ユールとはカエデの糖蜜を醸造したものでベルデランドの名酒である。

「そうだ。ここの女らには飲ませられん」

ユリアスの答え方はぶっきらぼうだが、赤髪のルマは気をわるくする風でもなく預かった馬を引いていった。洞穴の内部はそうとう広く、大きな蟻の巣であるかのように、中でいくつも房分かれしている。自然の造形に人の手が加わっている。入り口ちかくに設けられた馬留めの、柵囲いには馬だけでなく、大シカの仔《バル》も入れられていた。成長すると二タールにも達する北方最大の草食獣。タルーアンはこの大型の獣を飼い馴らしソリをひかせるのである。

ルマはタルーアンである。ケイロニア帝国が唯一恭順させ得なかった蛮族──ともすると鬼か怪物のように思われがちだが、ケイロニアの創立期に、タルーアンが建国王に剣を捧げようとしなかったのは、中原のようにきっちりした文化国家を築いておらず、ちいさな部族単位で村を作って住むため「王」という概念を理解しきれなかった――ともうひとつ、もともとノルンの海に乗り出し、七つの海をわたり歩くヴァイキングの一族が、巨大な王権や、連合国家や選帝侯に代表される規律になじめるはずもなく、長年慣れ親しんできた、気儘な暮らし、自然の中で風や雪や海と共に生きる自由を選んだからだ。

しかし、そのタルーアンの自由気儘な性質が、時に他民族への略奪や婦女子への狼藉《ろうぜき》となり、憎しみの種を撒いたのも事実である。ケイロニア成立以前に、アンテーヌ族の女傑アルビオナが、ノルン沿岸を荒し回るタルーアンの族長を誑《たぶら》かし寝首をかいたという故事がある。アルビオナの悲劇は憎いはずの蛮族、ただ一度床を共にした男を愛してしまったことだが、その時かの女の身ごもった子がシグルド――彼が長じてタルーアン族を統一したのは、タルーアンはタルーアンの血をひく者にしか従わず御することができない教訓でもあった。

ユリアスは洞穴の中をずんずん歩いてゆく。岩壁のくぼみには獣脂をかためたロウソクが灯され、つい立てを置いて毛織りの布が掛けめぐらされ、人の暮らしの匂いを感じさせる。

色鮮やかな花や獣が織りだされた仕切りの向こうから、甘ったるいような乳くさいような匂いがしてくる。男らしい顔立ちゆえ、いかつい——初見にはこわい印象をあたえるベルデランド侯ユリアスが、思わず相好をくずす。

半地下の小宮めいた構造をもつ、岩屋の奥から聞こえてきたのは乳飲み子の泣く声だ。初めて耳にした時には人のものか猫のものかも区別できなかったユリアスだが今はわかる。

(腹を空かせて目が覚めたのだな)

乳を求めて泣く声だ。すぐに、よしよしと、あやす声も聞こえてくる。

あぶあぶと寝ぼけたような泣き声の主は、ゆたかな乳をおしつけられ、乳首にありついて、んぱんぱ夢中になってもはや泣くどころでなくなる——やもめのユリアスにも、おおよその見当はついた。

風のように生き、ブリザードやノルンの荒波にも負けぬ屈強のタルーアン族も、冬のツンドラで子を生み育てることは容易でない。自然の恩寵《おんちょう》である地熱によって、常春《とこはる》にたもたれた洞穴はタルーアンたちからは「サーリャの岩屋」と呼ばれている。

サーリャとはタルーアンの神話に登場する女神の名でもある。彼女は大神イミールの十三人いる娘の一人とも妻とも云われている。時代が移り、原初のタルーアン神話では家畜を守る女神であったが、のちに夫婦和合のシンボルとなり安産を守る女神として崇《あが》められるようになった。サーリャの神格が中原のサリア神に似かよっているのも、異民族同士の混血がすすむように神話もまた混ざりあってゆく証《あか》しかもしれない。サーリャを崇めるのはタルーアンだけではなかった。英雄シグルドの血筋を誇るベルデランド侯――ベルディウス家が代々崇めてきたのもこのサーリャ神だ。中原諸国が信仰するヤヌス十二神、そしてまたケイロニアにおいて大公国時代から信仰の中心にあったヤーンではなく、タルーアンの女神であった、ということがベルデランドという地と中央サイロンのはるかな距離を物語っている。

ユリアスの父、先代ベルデランド侯ディルスも熱心なサーリャの信者だった。ディルスには、その父親と祖父もそうであったが、ユリアスのようにひと目でそれとわかるタルーアンの形質はみられなかった。むしろ腺病質がうかがえる男だった。ベルディウス家の誇る英雄の血は、何代かに渡る他の選帝侯家や皇帝家の姫との婚姻に薄められて久しかった。ことに領地を隣するローデス選帝侯家と重ねられた縁組みが、パロ系の優美と繊細というシグルドと最もかけ離れた形質をもたらした。主城ナタールの大広間に掲げられ、朝な夕なに拝するシグルドの肖像は、雄々しくたくましい赤毛のヴァイキング戦士であるのに、末裔であるおのれは筋肉のつきにくい虚弱な体質に生まれついたという皮肉。しかしディルスは魁偉《かいい》なる蛮族に、嫌悪も侮蔑の心も抱かなかった。むしろ逆だ。いつなんどき侵略してこぬとも限らぬ蛮族に対して、常に変わらず友好的であり、施政者としては公正、敬意の念を示すことさえあった。もともと二百年前のミルス帝の治世に通商条約がむすばれてから、ケイロニアとタルーアンの関係はナタールの雪解けのようにじょじょに穏やかになっていたのだ。

「鬼の岩屋」の存在はディルスの祖父の時代から知られており、かつてはこの丘陵地まで領土を拡張しようというベルデランド側の動きもあるにはあったのだ。

選帝侯を継いだばかりの頃、ディルスは「鬼の岩屋」へ護衛もつけず一人で様子見に訪れ、岩屋を守護するサーリャの巫女の一人と出逢った。若く、美しく、はげしい目をしたタルーアンの乙女《ヴィダ》に――。

少年の頃より憧れだった女神が目の前に現われたのである。ディルスは胸をときめかせ好意はすでに恋であった。巫女といえパロのように厳しい制約があるわけではない、野性的なタルーアン娘は青年侯から寄せられる好意を本能的に感じ取って、敵愾心をもたず歩み寄り言葉を交わすようになった。巫女はサーリャの岩屋のならわしやタルーアンの神話をディルスに語りきかせた。

恋する女神に語られるサーガとは最高の教義教本だった。自然と共に生きるタルーアンのたくましさ、おのれの情熱のままに生きる自由の尊さ。一見して荒々しく見えた民族がうちに秘めたロマンティックな精神。ヴィダが長い長い叙事詩を語り終えたとき、ディルスのうちには刻まれたのは驚嘆であり深い感動だった。サーリャの巫女によってディルスが学び取ったのはタルーアンの骨であり魂だった。すでに「鬼の岩屋」を領地に加えることは、つまらない地上の瑣末事にすぎなかった。

タルーアンは付き合うほどによい交易相手だとわかった。

建材や木工品に加工される巨木や、暖かく美しい雪ヒョウの毛皮、内陸のベルデランドでは宝石なみに珍重される海産物の秤《はかり》の目を、タルーアンはけっしてごまかさない。正直で几帳面《きちょうめん》なケイロニア人にはクムやキタイの商人より信用できた。ディルスはさらに踏み込んで親和的になり、それまで規制していた猟に欠かせぬ鉄製品や、医薬品類の交易も大幅に緩和した。ロンザニアの黒鉄鉱を鍛えた刀剣や斧が怪力無双の蛮族の手に渡ることを懸念する声もあったが、ディルスの治世にベルデランドとタルーアンの間で血なまぐさい諍いは一度も起きていない。ひとえに領主のディルスがタルーアンの心を学び、偏見も蔑《さげす》みも不公平もなく接した功績である。

その頃ディルス個人にも喜びが訪れた。愛妾となったヴィダが子を孕《はら》み、自らが守護する岩屋で、黒の月――真冬――に男児を産んだのだ。次代のベルデランド選帝侯ユリアスの誕生である。ディルスは有頂天となり、正妻としてサルデス侯家の姫君を迎えることがすでに決まっていたにもかかわらず、愛妾と子供と過ごすためナタール城のうちに部屋まで用意した。この妻妾同居という事態は、中央サイロンの宮廷において美女のほまれ高く、蝶よ花よと育てられた姫君にはとうてい堪えられぬことであり、祝言を挙げるや否やナタール城からかなり離れたベルベディア城に移り、城郭のうちに新しく離宮を建てさせそこに住まうようになった。

正妻を嘆かせただけではない。ディルスの蛮勇は家督相続にもふるわれた。周囲の反対を押し切って、長男だからとユリアスを後継ぎに指名し、サイロンの都に上ってアキレウス帝の承認をとりつけたのだ。正妻にもユリアスの異母弟となるレグルス公子を産ませていたにもかかわらず。

紺碧《こんぺき》に染めぬかれた垂れ幕をはぐって、ユリアスは岩屋の最奥にあたる「北星の間」に入った。

地熱と地下に涌く温泉のため、温気がこもった岩屋は、真冬以外だと蒸して感じることもあるがここの空気は清澄だ。それに獣脂のロウが燃える匂いもしない。なのに明るいのは、高い天井の、岩と岩の隙間が天窓のようになっているからだ。

その自然の天窓の下に、女がひとり、あぐらを組んで目を閉じている。

若い女ではない。豊かな髪がしっかりした肩にかかっている。その髪は冬枯れしたカエデのような淡黄色をしている。ユリアスより二十歳ぐらい上か。ほお骨の高い野性的な顔立ちは美しかった。

「ユリアスか？」

目を閉じたまま女は云った。

ユリアスは何も云わず、下に敷かれているタルーアンの間でも珍重されているアザラ《ペァー》シ《ル》の敷き皮にユールの革袋を置いた。

女は薄目をあけて、ほほ笑んだ。

「貢ぎ物をしに来たか？」

男はにこりともせず、ぶっきらぼうに切り出した。

「夢を見た。その夢が何を意味するか教えてもらおうと思って来たのだ」

「どんな夢だ」

「ナタールの水面を葦毛《あしげ》の馬が駈けてゆく。その腹に、金と黒がまじった、蛸《たこ》のようにぐにゃぐにゃしたヤツがしがみついていて、俺は岸辺でそのようすをながめているのだが、誰かが――いやロベルトのようなのだが、助けてやれ助けてやれとくり返し云うものだから、膝まで水にはいって、引き具をつけた縄を馬に放ってやるという夢だ」

「金と黒の蛸は助けられたのか？」

ユリアスは首をふって、

「わからん。縄に手応えを感じた時に夢から醒めてしまった。だが、それから、その妖魅のことが気になってしょうがない」

「黒髪の思い人よりも？」

サーリャの巫女はおかしそうに云った。

「話をはぐらかさないでくれ」

「はぐらかしてはいない。夢に訪れる水の生き物は赤子が姿を変えたものだ。ユリアス、ほどなくお前は赤子を得るだろう」

「赤子をなすようなことをしていない」

ベルデランド選帝侯はぶすりと云った。

「黒髪の思い人とも？」

「からかわないで夢について考えてくれ」

「ベルデランド侯は奥方を亡くしてから女を近づけなくなった、と城の者は心配しているだろう？」

「巫女殿まで、そのようなことを……」

鼻白んだようにユリアスは云う。

「女どもは心配している。巫女に懸想《けそう》しているのではないか、と」

女は呵々《かか》と笑う。

ユリアスはすこしく顔を赤らめ、抗議するように云った。

「ヴィダ殿！　俺は真剣になやんで、真面目な相談をしにきたのだ。夢に出てきた赤子の妖魅は何かの先触れではないか——アキレウス大帝の逝去、世継ぎの姫君は生死もわからぬ。ロベルトの急使がナタール城に来て、選帝侯会議のさなかにダナエ侯が暗殺され、次期皇帝が決まらなかったことを伝えてきた。どれもこれもゆゆしき、建国以来なかったことだ。ケイロニアは大きな叉路《さろ》に立ち入ったのではないか？　そんな折りにみた夢だ。特別なものではないか？　凶兆ではないのか、気になってしかたがない」

「気にしてもしょうがない。さだめとは、ナタールの流れのまま――と黒髪の思い人なら云うところだな」

「巫女殿……。それほどルマを愛妾にしなかったことを根にもっているのか？　だがルマだけではないからな、この先、俺はどんな女もめとる気はない」

「それではベルデランドの城を継ぐ者がなく、家が絶えてしまうな」

「それこそしかたがない。運命というものだ」

ユリアスは云いはなった。

「そなたの父さまは望むまい。英雄王の血を絶やすことは」

「意地の悪いことばかりいわないで、教えてくれ。俺にはあなたの力が必要だ――母さま」

女は眉を上げた。それだけだった。ナタールの空の色をした――ユリアスとそっくりな――明るい青い瞳は、夏の嵐がすぎて、濁りや澱《おり》をいっさい流しさった水面のように透明だった。

ややあって先代ベルデランド侯との間に子をなしたタルーアンの巫女はつぶやいた。

「――後継ぎはなさぬ、だが夢の赤子は気になるか」

「気になるものは気になるのだ」

ユリアスはむっつりと云った。

「お前は情がこわかった。子どもの頃から」

巫女の職能をうけもつ者が、つと地上の時代をおもいかえすようにつぶやく。ユリアスは黙ってにらんだ。

「あたしを恨んでいるか？」

「何のことだ」

ユリアスは驚いて訊きかえした。

「城にいた頃きいた。新しいベルデランド侯は、タルーアンの血を恥じて、皇帝のいるサイロンに上らないのだ、と。一生を――さいはての地で送るつもりだと」

「俺はタルーアンの血を恥じたことなどいっぺんもない。中央の宮廷が苦手なのはたしかだが。どういうつもりでそんな昔の話をもちだす？――恨むはずがない。あなたは俺を育ててくれた。母親の務めを果たして城を出たのだから」

ヴィダが岩屋にもどったのは、ディルスが死んでユリアスが家督を継いでからだった。その頃にはユリアスは成人していた。さいはての流氷の地で、白クマが親離れするような自然な別離だった。それまでの十数年間、ケイロニア人の城で慣れぬきゅうくつを強いられたタルーアンの母の気持ちを、息子は思いやれた。

そのユリアスに深い苦悩をもたらした人物がいるとしたら……

選帝侯の跡目を継いでからユリアスは二つの悲劇に見舞われていた。ひとつは花嫁の死。父侯ディルスが生前に縁組みを決めたローデス侯家の姫を娶《めと》ってすぐ亡くした。ナタリアの花のようなリディア。双児の兄であるローデス侯ロベルトにそっくりな、さびしげな美貌……。彼女は山荘のバルコニーの手摺が崩れて真冬のナタールに転落し、そのはかない生涯を閉じたのだ。

ほどなくして二つ目の悲劇が起きた。異母弟のレグルスによる近習や領民への虐待と乱行が明るみに出たのだ。それまでレグルスは、妾腹の兄が家督を継いだことに不服申し立てをすることもなく、生母アエリア姫ともどもベルベディア城で何不自由なく暮らしていたと思っていたユリアスであったが、ことの仔細を知り、異母弟を直接いさめようとした。レグルスのほうから話し合いの場を指定してきたのでその場所に赴《おもむ》いた。リディア姫が亡くなった川沿いの山荘である。そこでレグルスはユリアスに襲いかかってきた。やむをえず剣を抜き、激しい戦いのさなかに、レグルスは「リディアを山荘に誘い、殺したのは自分だ」と叫んだ。ユリアスの剣を胸に受けて、レグルスはナタールに転落していった。

そのようにして異母弟が人生のかたをつけたことで、ユリアスの心のいちぶもドールに抉《えぐ》りとられたようだった。ユリアスは事後処理にあたって知った。レグルスは選帝侯に指名されなかったことで、実母のアエリア姫の恨みつらみを聞かされていたのだ。心を歪ませたレグルスにすべての罪を負わせることはできなかった。それにもしリディア姫がレグルスの誘いに乗ったというのが真実なら、やさしく慎ましやかな娘の扱いにこまった――結果ひとりにしてしまった自分にこそ責任がある。

妾腹であり、純粋なケイロンの血をひかない自分が選帝侯になった、そのことがまわりの人間の運命を狂わせた――との思いがユリアスに暗くついてまわった。

しずかな声が岩屋に響いた。

「お前は恨んでいるのか？　ディルスの取り決めたことを。お前の父さまを憎んではいないか？」

ヴィダの透明なまなざしに、ユリアスは心奥を突かれ、

「ちがう！――父上を憎むはずがない」

ディルスがなした業績は、ベルデランド――ひいてはケイロニアと、タルーアンとの絆をシグルド時代の強さと堅牢さに撚《よ》りなおしたことだ。施政でも、交易の面でも、後継者の取り決めも公正に破綻のないよう考えぬかれた。タルーアンの心をベルデランドの領民とひとしく摑んだ父をユリアスは尊敬しているし、その遺志を継ぐことは誇らしかった。ディルスは長男のユリアスを持ち上げるあまりレグルスを軽んじたり、アエリ

ア姫をうとんで遠ざけたわけでもない。タルーアンの女に出会って――それがかれの理想の女神だっただけのことだ。ユリアスには理解できる。かれも心から人を愛したことはある。

とはいえタルーアンの血を濃くひくことが北の英雄《シグルド》を継ぐ正統な資格だという父の考えに同調してはいなかった。いやむしろ、おのれという存在を――血をどこかでうとましがっていた。リディアをなくして三年が経ち、後添えを迎えようともしない所以でもあった。

堅い表情でいるユリアスにヴィダはほほ笑みかけた。

「ユリアス、お前の父さまはよい男だったぞ。よい心根をもっていた。その魂の幹は太くまっすぐだった。ヴァンハイムの虹の橋を急いで渡ってしまわれたが……」

女は追憶を語っていた。エキセントリックな蛮族の巫女は、虹を――理想を追いつづけた男を深く愛していたのだ。

彼女は目を、上方に、岩屋の天窓に向けなおした。そこには黄昏の紫が滲みだしていた。

「それでは――北星《ポーラースター》に訊いてみることにしよう。お前が見た夢は何のきざしか？」

2

空は青紫から紺碧に変化していた。藍色の天蓋の一部が切り取られて岩の間からのぞいている。

夜が深まるにつれ、空気は冷たく硬さを増してゆくようだ。

岩屋の天窓の真下に、タルーアンの巫女は瞑目し、あぐらを組んで座している。

ユリアスは、獣脂ロウソクに火を点けるのも忘れ、二タルザンのあいだ瞑想状態でいる巫女をみつめていた。灯りは、天窓から注ぐ北星——ポーラースターの光のみだ。

ポーラースター。太古からまったく位置を変えていない白クマの星。全天の星の中で際立って巨きな星。ナタール城の物見櫓《ものみやぐら》から仰いだときにはタルーアンの領土よりさらに北の、人跡未踏のアスガルンの山塊の真上にあって冴え冴えと輝いている。ノルンの荒波に船を出してゆくヴァイキングには航海の安全になくてはならぬ導きの星である。

サーリャ神の巫女——安産に気を配る職能の者が、どのようにして北星の力を予知につなげているのかユリアスは知らない。しかしその能力は千年もの長きにわたって家畜だけでなく野生の獣の増減をも云いあててきた。星宿のわずかな変化によって、寒気のおとずれ、ブリザードの勢力分布さえ占えると聞く。巫女の予知能力は部族のためなくてはならぬものだ。

その能力を代々の巫女の長は、次の巫女にそっくり伝えた。稚《おさな》い少女の場合もあったし子をなした女の場合もある。かならずしも《無垢》である必要はなかった。ここに中原の魔道とタルーアン族との大きな差異がある。長い時間を文明国であるベルデランドの城で過ごしたのち、北星の間の主たる巫女に納まったヴィダにはそれだけ優れた資質があったことになる。

すでに世界は——岩屋の空間は、藍より深い色あいに塗りつぶされようとしていた。頭上の北星は冴え冴えと輝き、夜気はしんしんと寒気を深めてゆく。

ほのかな星光を浴びたヴィダは寒さを感じてもいないようである。

瞑想とは、はるかな星の彼方まで魂を翔《と》ばし、地上と地上の人と獣を俯瞰《ふかん》する視野を得る手段だとユリアスは聞いていた。はるかな——地上の悩みも諍いも及ばない視座を得る。それができる巫女はベルデランド選帝侯よりまちがいなく力を持っている。だからユリアスはヴィダを頼る。結果的に利用しているのだが、領民の平穏を守るためという信念があった。根本では父のディルスを受け継いでいるユリアスだった。

ヴィダを見守るうちユリアスも寒さと闇を感じなくなっていた。イリスにくらべて光の量があまりに少なく頼りないポーラースターを見仰ぎ目をほそめた。

そのとき――聞いたのだ。

誰にも望まれぬ罪の子

ヴィダの声とも思われぬ、細くとおった質の声がひびき、ユリアスは驚きに目をみひらいた。その声には聞き覚えがあった。ロベルト――領地をベルデランドと隣り合うローデス侯の声によく似ていた。

そうではない

次に聞こえたときロベルトの声ではないように感じた。正しくは人の《声》でない厳《おごそ》かなものに――。はるか高みの星との交信じたい、きわめて不思議な体験にちがいないが《声》が響いたのは頭の中だった。ヴィダの神秘の力に、ユリアスは拒否感や疑いをいだいたことはなかったが、そのような体験ははじめてだ。戸惑いをおぼえ冷たい闇の中で身をすくめた。

母親の闇より生まれてきたその子は
多くの諍いをもたらすだろう
やはり魔物だ

また響いてきた《声》は、やはりロベルトの声のように聞こえた。

いや魔物ではない。人間だ。人の子として人の世に送り出された
光と闇とが相克する運命の――王子だ

（なんだと？）思わずユリアスはおのれの内に訊き返した。王子とは、いったい誰をさして云うのか？　聞き捨てに出来なかった。この《声》はいったいどこから誰が発しているのだ？　あやしみ疑うユリアスに応えるかのように――

闇の聖母から生まれた王子

その《声》はロベルトの声であると共に、ユリアス自身の声であった。ふたつの声が頭中で響きあって神秘的な韻律《いんりつ》をかなで、じぃんとした痺《しび》れをもたらした。

シリウス

（シリウス……）

その名をユリアスは知っていた。シレノスとバルバスのサーガに登場する半神半魔の英雄の名だ。片目に闇、片目に光を宿す。おのれのうちに闇と光をもつ宿命に苦悩するが、ついには神となって昇天する。

（どういうことだ？）

ユリアスは声にして問うた。

「夢に出てきた妖魅の子はシリウスと関わりがあるのか？　それともあれがシリウスなのか？」

筋道立った考えからではなかった。ただ思いつくまま問うていた。

これに答えはなかった。頭中の——あるいは彼方の何者かは交信を絶っていた。

ひくい苦しげな呻きを聞いたのはその直後だった。次いでどさりと倒れる音がした。

「……ヴィダ？　巫女殿」

われに返ったユリアスは、手早く火打石をとってロウソクに火をつけ、岩屋を明るくし、アザラシの敷き皮の上に倒れている巫女を抱き起した。ロウソクの光が青ざめた顔を照らしだす。

ヴィダは呻いて目を開けた。開いた瞳孔が縮まって常の——地上の人がましい状態を取り戻した。

「どうしたのだ？　こんなことは初めてだ」

「……ユリアス」

「俺はシリウスという王子の名を告げられた。あれはあなたの声か？」

「……シリウス？　わからない。あたしが見た——聞いたのは、ナタールの声」

「ナタールの声だと？」

「おそろしい声だ。どうどうと……波濤《はとう》の音だ。はげしく……ナタールが狂って叫んでいた」

「ナタールが狂う？」

ユリアスの腕の中で巫女はおこりのように震えつづけていた。

「……初めてだ。ちがう、前に……三代前にはあった、見た。ナタールが荒れ狂う姿。降り続く雨。大きな水……水がヴァーラスの大地の形を変える。巨きな木が倒れる、何百も何千も。行き場をなくした巨きな水。土地が崩れ、土と砂が、泥の川となり……呑まれる。悲鳴。人と獣の骸……」

まっさおな顔で云いきった。体はひどく冷えきっている。ユリアスはユールの革袋をとりあげ、ふたを外し紫色になっている口にさしつけた。命の水と呼ばれる火酒を飲んだ巫女は少しむせたが、顔に血の気をとりもどしユリアスは少しほっとした。

しかし今の言葉は聞き捨てにできない。もし予知であるなら、ナタールの流域、ヴァーラスの湖沼地帯に沿う地域に住むのはタルーアンだけではない、ベルデランドの民、さらに開拓民の集落もある。その地域に災厄が――水の禍が見舞うことになる。

それでは、あまりにも――絶望的にその範囲は広い。

ユリアス・ベルディウスも血がひく思いがした。彼は夢の赤子や光と闇の王子の名もいったん頭からおしやった。

「その三代前に起きたというナタールの水害について詳しく教えてくれ。ナタールはいったん暴れだしたら、人の手にはどうにもならぬ怪物だ。雪解けの頃と、夏の嵐以外に、増水したことは今までなかったが油断はできぬ。それがもし民の死につながるなら――領民に警戒を呼びかけねばならぬ。それが俺の第一の務めだ」

真剣な目でタルーアンの巫女に教えを乞う。彼はベルデランド選帝侯であり、まさしく英雄シグルドの正嫡であった。

＊　＊　＊

ブレーンは下ナタール沿いの小さな村だった。

ローデスでもベルデランド寄りの細長い土地は、開拓農家がイトスギの森を切りひらいて得たものだ。ガティ麦の畑と、牛やヒツジの放牧場《フラー》、農耕馬の厩舎《きゅうしゃ》がつらなる。それらの景色をすべて霞ませて雨が降りしきっている。

イトスギの丸太で組まれた小屋の中にも雨音は大きく響いてきていた。

「すごい降りだねえ。こわいぐらい」

こわい、と云った娘は茶がかった金髪の持ち主だった。ちいさな少し上向いた鼻の頭にはそばかすが散っている。厚ぼったいごわごわした生地の上衣とスカート。白い前掛けに若い娘らしく花もようの刺繍をほどこしている。この丸太小屋は、ガティの収穫時に、よそから雇い入れる者を寝泊まりさせるものだ。母屋には親子の他に、畑と家の用事を手伝う小作人の夫婦も住まわせている。娘の父親は開拓農家では豊かなほうだった。

「ねえ、あんたはこわくない？」

娘が話しかけているのは、このあたりではまず見かけない男だ。色白の優男で、絹のブラウスはあかぬけた型取りをしている。髪飾りなど、婦人が身につける小間物を扱う旅商だった。農場の入り口にあるイトスギの木の下で雨宿りしていた男は、通りがかった農場主に、商売ものの宝石つき櫛をさしだして、一夜の宿を願った。

「これで三日三晩降りつづけ。いやに、なっちゃうよね」

そう云い継いで、だがそばかす娘はちっともいやでも、うんざりもしていない。足留めをくっている旅商に、ガティを麺にしたのを煮込んだのを運んできてやったのには下心があった。サイロンの都のようすを聞きたいのだ。

ずるずる音をたてスープの麺を啜り込む男に、そばかす娘は云った。

「父さんは畑の用水が心配だってようすを見に出てったわ」

器から顔を上げ男は訊いた。

「堰《せき》は大丈夫なのか？　ナタールの水かさはだいぶ増していたが」

「この季節に洪水になったことは一度もないわ。ナタールのことより――サイロンは？　どんなことが流行ってるの？」

「黒死病さ、せんに云ったろ」

口調はそっけなかったが、ものやわらかな美声だ。

「黒死病はおさまったって聞いたわ」

娘は（もう、意地悪）と云いたげに口をとがらせる。

「きょうびサイロンに景気のいい話などありはしないさ。むしろ災厄つづきで、ここいらのほうがよっぽど暮らしやすい。少なくとも食うもんには困らないしな。ありがとよ、うまいめしだった」

空の器を押しやっても、お盆を手にした娘はその場をうごかない。サイロンの都の華やかなことや、珍しい話題を聞かせてほしい――と顔に書いてある。

　男は薄くたくちびるに苦笑をうかべ、

「事件ならあったさ、ねずみの大騒動に、黒死病の真犯人はケイロニア王の妃だという魔道の口寄せがな。当の王妃は幽閉先で事故にあい生死もさだかじゃないが、豹頭王にしたらくたばってくれたほうがなんぼか気はラクだろうな」

「お妃様なのに黒死病を……。なんでそんなことしたんだろ」

　娘の反応はぼんやりしたものだ。過剰に憤りも憎悪もないかわり、雲の上の罪人に心など寄せようがない。そもそもサイロンの人々の死が実感できていない。それほど遠くで起きたことだ。田舎娘の《売国妃》事件への感想といえば――

「皇女さまに生まれて、どんなきれいなドレスを着られても、地下牢に入れられたらトルクやムカデにしか見せらんない。そんなのいやだ」

「そりゃそうだ。お前さんもけっこうしゃれたこというなあ」

　ほめられたら悪い気はしない。娘は勢いづいて云った。

「その皇女のお父さん――大帝陛下がお亡くなりになって、次の皇帝が発表になったらそのお披露目に、新しい皇帝や選帝侯様方はどんな服を着るんだろ？」

「お前さんの頭は着るものにしか向かないんだな」

　男は感心したように云った。

「まずその前にしちめんどくさい会議だとか根回しだとか……陰謀が渦を巻き宮廷はき

な臭いことになる。暗殺も一人二人じゃすまないだろうよ」

「……そういうのはいや。きれいな服や髪飾りのことを考えるほうがいい。幸せな気分になれるから。王宮に立派な人たちがたくさん集まって——きらびやかな夢のようなけしきだろうね」娘はうっとりして云う。

「そりゃ、それこそ、国宝級の宝石をつかった冠に、その重さと同じ黄金で取引される雪ヒョウの毛皮を惜しげもなくつかった皇帝の正装だからな——もっとも立派なかっこうをしているから人物も立派とはかぎらないぜ」

「でも、豹の王様は立派な方だってみんないうよ。それにご領主のロベルトさまは目が見えないのに、あたしたち農民のことも心にかけてくれる。とてもお優しい人だよ」

「ロベルト——ローデス侯が優しいのはたしかだな。大帝の療養にも長くつきそっていた。たいそう寵愛されていたから殉死を考えつめてるんじゃないか？」

男は女のようなくちびるを皮肉そうにゆがめた。

「殉死って？」

「あと追い自殺。愛する主君に付きしたがってゾルダの坂道をドールの国へとっとと下るのさ」

「ええっ、そうなの？　でもロベルトさまはああ見えて、シンの強い方だから自殺なんてしないよきっと」

「ふむ。たしかに風にも堪えぬような風情でも、シンはしたたかってヤツはいるな。だが後継ぎに宰相のハゾスの子が指名されてるって聞くぜ。もし目のみえないご領主に何かあったらランゴバルドの思うつぼだ。別の選帝侯の領土が広がる仕組みになってるんじゃないかい？」

「むずかしくてあたしにはよく解んないけど……おお、そうだ！　ロベルトさまがドールの国に行くはずないよ。ベルデランドのお殿様がいるから。おふたりはそりゃあ仲がいいの。ローデスの者ならみんな知ってるよ。ユリアス様がなぐさめて引き止めるよ」

「へえ、ローデス侯のロベルトはベルデランド侯ユリアスともいい仲なのか」

「ローデスとベルデランドはケイロニアの十二のくにで一番、仲がいいんだよ。川むこうに手を振ると、ベルデランドの騎士が手を振りかえしてくれるんだよ」

「たいがい、のんびりしているな……！」

旅商の男は呆れたように肩をすくめる。

「だが、まあ、そんな田舎だから――都ではとうてい考えられないことを頼まれたり、引き受けたりもあるのだろうが」

男は意味ありげな笑みをうかべると、

「――ルツさん」

いきなり名前で呼ばれ、娘はどきりとする。

「その前掛けの刺繍、自分で考えて刺したものかい？」

「う、うん。そうだけど……」

「ずいぶんと器用なんだ。ナタリアの花と唐草を組み合わせるなんざ、なかなか思いつかない。こんな田舎にはもったいないセンスだ」

ルッは頬を赤くして、自分で刺繍した前掛けの端をつまんだ。急に目の前の相手の色の白い美貌や、手入れのゆき届いた指さきが気になりだす。もじもじしだした娘を見つめ、クムの女のような切れ長の目がすうっと細まった。

「こんな田舎は、若くてきれいな――」視線で娘の素朴な容貌をひとなでると「きれいなもんが大好きな娘には退屈でしかたないだろ？　なあ」

男の目には如才ない光があった。口調ががらりと変わり、まるで儲け話を持ちかけるようだ。

「今までサイロンはしょぼかったが、大喪が明けて、新しい皇帝が決まれば、きっと新しい風が吹く。町は活気をとりもどし――腕のいい細工師や、お針子の需要も増える。知っているか？　サイロンには中原一の仕立て屋がいるのだぜ」

「知ってるよ、サルビア・ドミナ先生だ。パ、パロの聖王家のデザイナーだった人！」

ルッは叫ぶように云ってしまった。

サイロンは遠すぎて、皇帝の一家は雲の上だけど、サルビア・ドミナだけは例外だった。あこがれがあった。でも父さんに云いだせるはずがない。サルビア先生のところで働きたいなんて……。だいいちサイロンでやっていく自信なんかない。娘らしい小心に押さえつけられ、ふだんの暮らしに慎重に埋もれさせている《欲》は、ふとしたきっかけを捉えて表層にあらわれてしまう。このとき男の紅をぬったようなくちびるがつり上がった。

「いってなかったか？　俺はサルビア・ドミナの店に商品を卸したことがある。サルビア先生とも何度か会って、親しくさせてもらっている。なんなら口をきいてやってもいいぜ？」

まるで心を読んだようなせりふに、ルツはごくんとつばを呑む。

「な、何のこと…？」

「サルビア先生の店にはいって、貴族や、皇女様のドレスを縫ってみたくないか？」

男の手が伸びてきてルツの手に重ねられ軽く引かれた。もしルツが少しでも世間を知っていれば、タイスの女衒《ぜげん》と似たところを男に感じたろう。若く純朴な娘の心を手玉にとることに慣れたやり口だと――。ルツは引き寄せられるまま身を乗り出していた。

「ただし交換に――お前さんも俺の頼みをきいてくれねばならん。何、無理難題をふっかけたりはしない。裸の胸をさらけだし蛇を巻き付けて踊ってみせろとか、そういう頼みじゃあない」

この笑いには品がなかった。場末の男娼のようだ。

「ここに来る途中でうわさを聞いた。めずらしい子どもがいるって噂だ。猫みたいに左右の目の色がちがう赤子がもらわれてきたという。おれは変わったものなら、宝石でも、人の心臓でもじかに見てみないと我慢ならないたちなんだ。お前さんのおとっつぁんに訊いたところ、胡乱《うろん》な目でみられただけだった。かっ攫われるとでも思ったのか、ただ拝んでみたいだけなのに。だからなあ——連れてきてくれねえか、ここに」

血の冷たい動物を思わせる目に囚われてルツは首肯いていた。

「わかったよ、エウリュピデスさん」


それから四分の一ザンもしないうち——

ルツは手燭《てしょく》をかざして、子ども用の寝台をのぞき込んでいた。まだ幼い、乳離れして間もないおとうとがぐっすり眠っている。

血のつながりはない。ルツの母親は十年以上前に病気で亡くなっていた。

父さんが男の子をほしがっていたのは知っていた。ルアーが落ちる頃になると農具を仕舞いながら（お前の弟がほしかったなあ）といつも口にしていた。農場の跡を継がせる、健康でよく働く男の子がほしいと、村の寄合いでも口に出していたようだ。

赤子は猫の年——黒死病が流行った年だ——に農場にやってきた。さいしょは隣の——

——と云っても何モータッドも離れた——農家に乳のみ子がいるのでいっしょに育てられないかと持ちかけられたのだが、貧農の子だくさんにそれは無理ということで、ルッの家に話がきたのだ。うまいこと乳をくれる女も見つかって、赤子だから当たり前とは云えるが、貰われてきた当時はずいぶん小さく、しわくちゃの猿そっくりだった子はゆるやかに人がましく育っていった。

いきなりできた弟にルッは戸惑いを覚えたが、うとましくは思わず、父親が男の跡取りを求めたことをひがみもしなかった。もらい乳ができないときには山羊のミルクでガティをふやかして重湯《おもゆ》をつくってやったり、おしめを取り替えたりするのを、いちどもいやだめんどうだと思ったことはなかった。ただやはり血をわけた者ではないという思いだけは打ち消せなかった。それに赤子が貰われてきた経緯にはふしぎな点が多かったのだ。貰い子をした者には、たとえ実子扱いにするのでも、両親の名と生まれた村ぐらいは養い親に教えられるものだ。その子が大きくなった時に知りたがったり、あるいは近親結婚の悲劇を避けるため。だがさいしょにこの赤子を連れてきた者は別の人間から頼まれたのだといい、さらに別に仲立ちする者がいて素性がどうにもわからない。ただ、赤子はやわらかな——きわめて上等な練り絹の産着を着せられており、同じ絹の産着が何組かおしめと共に添えられていた。裕福な家から養子に出されたことは察せられる。

特徴的なのはやはり目だ。左右で色のちがう異質な瞳は、ルッに「とりかえ子」の云い伝えを思いださせた。それに名前が「シリウス」――神話に出てくる妖魅か小鬼だったか……そのようなあやしい名前がつけられていたのだ。

父さんからは「半神の名だ。末永く家を繁栄させる象徴だ」と云われたが、ルッはどうしても不吉な思いを打ち消せなかった。幸運ではなく、まがまがしい運命を人々にもたらすとりかえ子ではないのか――赤子がやってきてから農作物に害がでたとか、山羊や牛の乳の出が悪くなったということはなかったのだが……

ちいさな寝台から、毛布にくるんでシリウスを抱き上げたとき、

（やっぱりこの子は何か特別な運命をはこんでくる「とりかえ子」なのでは？）

ふいによぎったあやしい思いをルッはふり払い、棚の上に置いた手燭をとろうと手を伸ばした。（しまった！）と思ったのは、ひじをぶつけ置物を落としてしまったからだ。陶器の像はぱりりんと割れてしまった。死んだ母が大事にしていた魔除けの女神像だった。

その時だった。悲鳴が聞こえたのは。女と男の――小作人夫婦のものだ。「たすけて」「殺さないでくれ！」とおそろしい絶叫が響く。

そして――

湿った厚紙を切りつけるような音に、血も凍るような断末魔の苦鳴がかぶさり、さらに大勢の荒々しい足音、母屋じゅうの扉が開けたてられ、破られる――オノで叩き割っているにちがいない、おそろしい物音がつづいた。恐怖のあまり、ルッは何が起きたの

か、何者が侵入したかも考えられず、ただひたすら悪夢から逃れ出る人のように、もつれる足を動かして母屋を逃れでた。気づいたときには燭台もとりおとし、上靴も脱げた裸足で、ずぶ濡れになって、農場の柵に沿って走っていた。

母屋と厩舎の間にある薪小屋に逃げ込んで戸を閉めきり、掘建《ほった》ての土間にしゃがみこんですすり泣く、押し殺した声で。

（父さん、父さん——神様！）

ぶ厚い毛布のおかげで、濡れずにすんだシリウスはまだ目を覚まさない。

雨と涙に濡れた、そばかすだらけの顔を向け、おとうとに問うた。

（お前の素性はやっぱり、あやしい——おそろしい運命をはこぶ魔物だったの？）

雨はかわらぬ激しさで小屋の屋根を叩き付けている。

3

「畜生」

ののしり声がした。

「まったく忌々しい雨だぜ」

「この時間で、こんなに暗いし……」

「すでに何者かに勾引されたことは考えられませんか」

「ばかなことを考えるな。家族だ、家族が連れて逃げたに決まっている。逃げるにしても馬といえば農耕馬ばかり——しかも引き出された形跡はない。どこかに隠れているのだ。なんとしても探し出せ。俺たちは危ない橋を渡っているのだ、手ぶらでダナエには戻れない」

「けど隊長あの話は本当なんですか？　子どもの父親が死んだ侯だとは……」

「ごちゃごちゃ云わずに探すのだ！　収穫がなければ報酬もないと思え」

何人もの足音が薪小屋にちかづく。雨がその体を叩く音と、ぬかるみの泥をはね散らす音――。ルッは小屋の中で身をすくめていた。どのような男たちか、言葉の意味するところも、いや言葉じたい雨音のせいでよく聴き取れない。わかったのは、半ば本能からかもしれない――豪雨に洗われて嗅ぎ取れるはずもない血の匂いだった。

息さえとめて、このまま通り過ぎてと祈った。

そこに――

真っ暗な小屋の中にほのかな銀色のきらめきが散った。

（なに？）

それは鱗粉を散らして舞う一匹の蝶だった。目をこすったときには、あやかしのようにその姿は消えうせていた。しかしその蝶こそが不運の使者だった。

いきなり小屋の扉が蹴り付けられたのだ。

悲鳴を上げかけ、くちびるを血がでるぐらい嚙んでこらえたが――

「いたぞ」

松明の灯りが、無情に、小屋の中を照らした。

堪え切れずひっと声を洩らし身をちぢこめた娘を、情け容赦ない腕が引きずり出す。

雨よけの覆いをした松明を手に持ち、商人風の身ごしらえをした男たち。その全員が商人なら用のない長剣を帯びている。

渡せ――と命じられたわけではなかった。なのに娘はこの土壇場に、腕の中のやわらかな塊をたとえ魔物であろうとすがる唯一のものと思いさだめてぎゅっと抱いた。

（シリウス）

（――闇と光が結ばれた子）

それは娘の心が発した言葉ではなかったかもしれぬ。

それは――絶対的な運命が身近にせまった人間に、巨大なものが聴き取らせようとした言霊《ことだま》かもしれぬ。

運と不運は、ヤヌスの双面にひとしく、わかつことも難いひとつながりのもの――箴《しん》言《げん》のような思いが魂の末期《まつご》をみたしたのは、神の憐れみだったろうか？

無慈悲な刃が痩せたちいさな背にふるわれ、短い悲鳴が上がりすぐに静まった。

刃を鞘にもどした男は、ことされた娘の手から毛布ごとやわらかな塊を奪い去った。

そのとたん、今まで眠りこんでいた子は、激しく火がついたように泣き出した。義理の間柄でも、おしめをとりかえ、離乳食を作ってくれさえした姉のぬくもりを永遠にうばわれた悲嘆と怒りを爆発させたかのようだ。

「急げ。子どもを濡らしてもいかん」

隊長らしき男が口早に命じ、一隊は倒れ伏した娘を一顧だにせず動きだす。

と、火がついたように泣きつづける子どもを無表情に抱いていた男が、不意に呻きをもらして足を止め、ぬかるみに膝をついた。そのままの姿勢でみるみる顔面が朱に染まり、ごきりと異様な音がして、首を後ろざまに反らした。首の角度はほとんど後頭部が背中にくっつくほどだった。

「なんだ⁉」

隊長がふりむくと、異様な姿勢で絶命している男の後ろから、するすると白い細長いひも状のものがほどけていった。

豪雨の中に、色の白い、くちびるの赤い優男が立っていた、色派手やかな、クムの色宿でこのまれるシャツをびしょびしょに濡らして。その袖口から異様に長く伸びたものが傭兵をくびり殺したのだった。

「な、なんだこいつは⁉」

「化け物か」

傭兵たちは腰の凶器を抜きはなっていた。

「人間ごときがカローンの淫魔族に歯向かおうってのか？　面白い、相手になってやる。お師匠様の企てを邪魔しやがった上、タイスのサリア亭あたりに売り飛ばし、みっちり仕込めば、この先何千人よろこばせられたか知れないおぼこ娘を、あっさり殺しやがった。今おいらは猛烈に怒っているんだ」

優男の周囲だけぼうっと陽炎《かげろう》が立ってみえた、豪雨の中にもかかわらず。

「かかれ！　斬り殺せ」隊長が怒鳴る。

傭兵たちはあやしく光る相手に斬りかかろうとしたが足が一歩も前に出ない。まるでぬかるみに根を生やしてしまったようだ。

「何がどうなってるんだ？」

「やはり、化け物……」

命知らずの男たちの顔にじわじわ恐怖の色がにじみだす。

「そうだった。お師匠様に報告せねばお叱りを受ける。誰に遣わされたか調べないと」

エウリュピデスと名乗った淫魔は、十本の白く優美な指を振った。するとそれは異様に長く伸びて傭兵たちに襲いかかった。

「うあっ、何だこいつは」

「気味がわるい」

男たちは口々にわめきながら、飴菓子のようにどこまでも伸びる妖魔の指を叩き落とそうとする。

しかし人間の剣にたたき落とせるシロモノではなかった。この世でもっとも強靭なオルフェオの琴の絃であるかのように叩き付ければ跳ね返され、断ち切ろうとすれば刃に餅のようにくっついて、みるまに三本の剣が奪い取られた。こんどは、ひゅんひゅんと、矢の勢いで飛んでくる——と、くるっと方向を転じて真後ろに周り、爪に当たる部分が盆のくぼにずぶりと突き刺さる。

「うっ」「うぐ」「うえっ」苦悶の呻きがあがった。ついでしゅうしゅうという何かが蒸発するような音とともに、顔が急速に老いしなび——ミイラのようにひからびてしまう。

「こんな無粋な方法で吸いとると、ちっとも美味く感じねえな」

首をかしげた淫魔の濡れたくちびるは毒々しい真紅を増していた。

魔指が引き抜かれると、兵たちは半分ほどにもちぢこまり、しなびた顔を泥水につっこんだあとは三人ともぴくりともしなかった。

部下の死に様を目のあたりにし、傭兵部隊の隊長は、それでも、任務に忠実だった。死んだ者の腕から、泣き続ける——しかし激しく冷たい夜半の雨にさらされて、その声はかなり弱々しくなってきている——子どもを抱きとろうと手を伸ばした。

「おっと、そいつはおいらたちの陣営にとって大切な——……えっと、なんだっけな？」カローンの淫魔族は、戦闘のさ中であることを忘れたように、首をひねくった。あるいは殺伐とした方法で男の精を吸い取って、へいぜいの調子を狂わせていたのかもしれぬ。

「お師匠はなんだか難しい企てを思いつき、そのガキにも、もったいぶった、なんたらこむずかしい二つ名をつけてたが……なんだっけな？」

隊長は聞いてなどいなかった。雨のせいで松明もほとんど消えかけていた。抱き取られた子は、雨に打たれつづけて冷えきり、もはや泣く力もなくしぐったりしている。子どもの身柄を、たとえ死体であろうと手に入れさえすればよい、という任務ではなかったようだ。隊長は焦りの色をうかべ、子どもを豪雨から守ろうと身を丸めながらジリジリと後ずさった。

「なんだっけな、そのガキのことを、お師匠様はなんて呼んでたかな？」

淫魔はどうでもよさそうなことをまだ考え込んでいる――ように見えたが、その場を逃げ出そうとする者の首に向かって、魔指を伸ばし、紘を絡めることは忘れたわけではなかった。考えに囚われながらひっぱったそのせいで、力加減も容赦もなく首に食い入り苦鳴をあげる間もなく切断していた。噴き上がる血しぶきは激しい雨と混じり合う。

首を失くした傭兵が手にしていた松明は水たまりに落ちジュッと音をたてた。

そのときになって淫魔はやっと――

「思いだした。ケイロンの闇の皇子だ。獅子の国の暗黒の汚点となる皇太子……あれれ、ようすが変だぞ」

ようやく異変に気づく。子どもの顔もくちびるも紫色を呈し、呼吸は浅く、ほとんど瀕死のありさまである。

「こりゃまずいことになった。――お師匠様に叱られる」

淫魔にものっぴきならない事態は察せられた。とにかく救命の必要がありそうだ――

があいにく古代の淫魔族は、人間をたぶらかしたり陥れたり精を吸い取る以外に何かしてやる知恵の持ち合わせがほとんどなかったのだ。

否、ひとつだけ知りつくしているものがあった。女だ。これくらいの——ちいさな人間は女によって守られ育まれる——人体解剖学の知識である。ユリウスはあたりを見回した。松明の灯りなどなくても、針のほそさの妖眸が困ることはない。探し物は薪小屋の前に倒れていた。刺繍の得意な娘。その胎内にあるもの——。

しかしいかに手だれの淫魔でも、未熟な《サリアの小箱》に、一歳半にも育った幼児を納めさせることは出来なかった。

（こりゃだめだ、使えねえ）

その上娘の背中の太刀傷は深く大きく、胎内の血の温みが完全にうしなわれていた。

その時——

淫魔の耳に入ったのは、人ではないが、やはり子を産む獣の鳴き声だった。傭兵が乗ってきた——かどわかした子を乗せ逃走するための。

（牝馬だ）

雨と闇の中で魔族の瞳は三日月型にきらめいた。

そうして淫魔が生き馬の胎にあやしげな術をほどこし、シリウス——ケイロニア皇帝の血をひく唯一の男児の命の炎を繋げようとしていた頃——

　三日三晩、四日目の未明にかけてもいっかな降りやまぬ豪雨は、母なるナタール、その支流である下ナタール流域に、おそろしい地勢の変化をもたらそうとしていた。

　下ナタールは以前よりしばしば氾濫を起しており、ローデスとベルデランドの両方の施政者は、堤を設け灌漑用水をひいて治水を行なってきた。その高い堤をいつ乗り越えてもふしぎのないほど増水している。なお悪いことに、上流の地盤のもろい土地が崩れだし、おびただしい土砂とともに河岸に繁る樹木が河水に崩れ落ち、ナタールの本流をヴァーラスの湖沼地帯に逃がしていたいくつかの口をふさいでしまった。行き場をなくした莫大な水が下ナタール川へ流れ込み、最悪の事態となった。

　堤が切れるのにわずかな時間しか、かからなかった。何年も何百人もの労力をかけて築かれた人間の構造物はひとたまりなく崩れ去った。さいしょに犠牲になったのは用水の取水口まで降りていたルツの父親だった。悲鳴を上げたにちがいなかろうが、すさまじい水の音に一瞬でかき消されてしまった。

　おそろしい水は土砂を木々を小屋や柵、厩舎やそこに飼われた牛やヒツジもなにもかもひとしなみに被さり押し流し十数タルもかけず農場に達したのだった。

「こりゃ、たいへんだ！」

　ユリウスは慌てたが時はすでに遅かった。

ナタールの大水は、小屋の屋根やら牛やら、とにかく地に足を踏ん張っていたありとあらゆるものを呑み込みながらすぐそばまで迫ってきた。

うあっ！　と淫魔は水に落ちた猫のように飛びあがる。すでに人の姿をしてはいなかった。濁流に押し流されてきた巨木の幹に、すばやく巻き付いたのは、細い長い一匹の水蛇だった。

どうどうと耳を聾する水音。

必死で巨木にしがみつく古代の妖魔族に、ケイロニア皇帝の血をひく唯一の男児の誘拐に失敗したこと、そもそも赤子がぶじかどうかさえ、思いなやんでいる余地はなかった。

＊　＊　＊

ナタールの決壊から一夜が明け、ブレーンをはじめとする被害の状況が、ローデス城にもたらされた。

城主であるローデス選帝侯はサイロンに出仕するため、城を預かるヤーノス伯爵が代理に指揮をとり、流域の集落に救援の騎士団をさし向けた。ヤーノスは同時にサイロンにハヤブサを飛ばし、星稜宮にとどまっている主人——ロベルト・ローディンにこの悲劇を報じた。

　星稜宮では次期皇帝を決定するための、大帝の遺言を検証する会議が始まろうとしていた。亡きアキレウス帝の思いを読み解くうえで、大帝の寵臣であるロベルトは欠くべからざる人物である。

　その初日の朝であった。ヤーノス伯のしたためた書を小姓に読ませ、盲目のロベルトは蒼白になった。敬愛する主君の崩御に続いて、追い打ちの衝撃と悲歎とをもたらす報せであった。報告を聞き終えたときには立っているのがやっと——のていだったが、気力をかきあつめて小姓に命じる。

「チトー。ただちに、宰相ハゾス殿をお呼びしておくれ、私のへやに」

　星稜宮のうちにロベルトは私室を賜《たまわ》っている。

　ハゾスはすぐにやってきた。秀麗な面差しは大帝崩御からずいぶん痩せて窶《やつ》れていたが、さらに険しい表情をきざんでいる。

「小姓から聞きました。直轄領が水害に見舞われたそうで、天災とはいえ、まことに痛ましいかぎり——ロベルト殿におかれては、心痛はいかばかりか、お察しいたします」

　型通りの、しかし心からの労《いたわ》りと共に、切れ者のハゾスには、それ以上にゆゆしい事態ではないかとの疑いがすでに芽生えていたのである。

「ハゾス殿、今回の水害で——下ナタールの決壊により流された村の、開拓農家だったのです。シリウスさまを縁付けたのは」

　そう云うなりロベルトの細身は、頽《くずお》れるように長椅子にもたれ込んだ。

「……シリウス」

　ハゾスはしぼりだすようにその名を口にした。

　盲目のローデス侯によって黒曜宮から連れ出された不肖の皇子の名であった。このような折りにふたたび浮上してこようとは。ハゾス・アンタイオスは、ぐったり座り込んだロベルトと対照的に立ち尽くし、天上を見あおいだ。

「おお、ヤーン……」

　ハゾスは絶句し、ロベルトは座り込んで両手を黒髪に埋《うず》め頭を抱え込んだままでいた。

　しばし――時すら滞《とどこお》ったかのように。

「――ハゾス殿、お願いしたきことがあります」

　先に、われに返ったように云ったのはロベルトだった。依然としてその顔は蒼白だったが、光をうつさぬ黒びろうどの瞳から厳粛な意志が感ぜられた。

「私をローデスに――私の民が災禍にあったその場所に向かわせて下さい。下ナタールの堤の状態を確かめることも、一すくいの泥をかくこともできない身ではあるけれど、領主として、民の前に出て、失ったものに涙をそそぎ、一瞬にして奪われた命を悼むことはできるでしょう。しなければなりません。今すぐブレーンの村に赴きたいのです」

ハゾスにはロベルトの心が解るような気がした。ロベルトは深く悲しみ、同時におのれを責めている。あの哀れな稚い命に、望ましい未来を与えてやれなかった――結果的に取り上げてしまったとおのれを責めている、と感じられた。

「あなたはローデスの領主だ。私にひきとめることは出来ない。しかしお体のほうは大丈夫なのですか。ロベルト……。足のぐあいはどうなのです？」

「トルクに負わされた傷ならほとんど直っています。足をひきずってしまうのは、もとの筋力が弱いせいである、とはメルクリウス師の診立てです。よい薬も――黒蓮のように習慣にならない痛み止めも処方していただいてますし。被災地をまわって、民の心を宥め励まし、被害状況を把握したら黒曜宮にもどります。ケイロニア選帝侯のつとめを蔑《ないがし》ろにするつもりはありません」

「ロベルト」

ハゾスは憔悴したロベルトに、云った。

「下ローデスの地域に、ランゴバルドから、ガティ麦とヒツジをお届けします。他に必要な物資があれば何でもおっしゃって下さい」

「ありがとう、ハゾス殿」ロベルトのはかない美貌がほんのり明るくなった。「そうしてお心をかけて下さるのが何よりの力付けです。まことにうれしゅうございます。このような際にこそ、大ケイロニアというものを、心強く誇らしく感じます。そう――ベルデランド侯ユリアス殿が救援に乗り出してくれたそうなのです。下ナタールはベルデランドとの国境、今後はユリアス殿と対策を講じてまいります」

このときハゾスのうちに、ロベルトが確認したいのはシリウスのことではないだろうかと疑問がよぎったが、口には出さなかった。シリウス王子の生死に言及したならば、耳のよいロベルトに、今の気持ちを読みとられてしまうのではないかという怖れもあった。

（ロベルトの心がヤヌス――いやサリアのようにふた心なく慈愛にみたされているのなら、今私が抱いているのはドールの心だ）

苦々しく認めざるを得なかった。シリウス――グインに、おのれが手にかけたと二重にいつわってしまったシルヴィアの罪の子が、大災害に巻き込まれ幼いはかない命を失ったと思ったとき、胸によぎったものは安堵だったのである。

（ハゾス・アンタイオス――お前もまた人の子の親なのだぞ）

おのれ自身をなじりながら、ロベルトの目が見えないことに感謝してさえいる。このときハゾスは、おのれがどんな表情をしているか、醜い心うちを晒《さら》しているにちがいないと怖れもしていた。

それより半日を遡《さかのぼ》る――ブレーンの村落である。

やっと雨が上がった北国の空の下に、ナタールの災禍にあった地域の捜索をする大男ぞろいの騎士団と、指揮をとるベルデランド侯ユリアスの姿があった。

たくましい——土地柄からタルーアンの血をひく者も多い——騎士たちと共に、みずからも流木やがれきをとりのけるユリアスの心は苦かった。（ヴィダの予言が最悪の形で的中してしまった）

もとよりベルデランド側は警戒に怠りなかった。大雨が二日続いた段階で、流域の村落やナタールの漁師もなろうかぎり説得し避難をさせた。ローデス側にも、早い時期に、国境を守る騎士たちに通達をしておいたのだった。

しかし——

ブレーンだけが避難していなかった。

なんらかの理由でベルデランド騎士団の連絡が断たれたのである。下ナタールを守る番所の騎士に何かあったとしか考えられない。ローデス侯ロベルトとの親交の厚さばかりでない。ユリアスは自責の念からローデス領内にはいり、ローデスの騎士団に協力を申し出て、救助と捜索に乗り出したのだ。

「それっ」

「馬を歩かせろ！」

騎士団の男たちは、ナタールとヴァーラス湖沼地帯の間をふさいでいる樹木を農耕馬に引っ張らせて取りのけ、放水路の確保に力をつくしていた。

「もう一息だ」

ついに最後の一本がのけられ、水は音を立ててヴァーラスの低地に流れ入り、数ザンのうちに水に浸された大地が現われた。

それは惨憺たるありさまだった。

今まで農場があり、人の暮らしがあったとは、にわかに信じがたい惨状がそこにあった。濁流に押し流され、大木までが押し倒され、土砂に埋め尽くされ、家屋も厩舎も満足に形をとどめていなかった。

それでもユリアスは一縷《いちる》の望みを捨てずにいた。

救助用のタルーアン犬によって、土砂と樹木とで埋まった場所から生存者を嗅ぎださせようとしたのだ。特殊な訓練をほどこした犬たちは汚泥をものともせず、ブレーンの集落があった数モータッドを駆けまわって生存者を嗅ぎ出そうとし続けた。

しかし——

騎士たちも泥まみれになって探索は続けられたが、ユリアスに明るい報告はもたらされなかった。

(だめなのか……)

(俺は、巫女の——ヴィダの予言を施政に、民の幸福につなげられなかった)

落胆したユリアスはナタールの濁った川面に向かって、

（母なるナタール、無慈悲なる女神よ）

憎しみや恨みからつぶやいたのではなかった。切り出した樹木やらさまざまな物品の運搬を担ってくれ、かつまた食糧の宝庫であるナタールを憎む者はベルデランドにいない。

と、そのとき――

はげしい犬の吠え声が耳にはいった。

（あの鳴き方は、何かみつけたか？）

常には太いタルーアン犬の声だが、甲高く、そうとうに興奮した鳴き方である。人を救助する賢い犬の声には、求めるものを発見した喜びがあふれていた。

ユリアスは、その場に、泥にブーツをとられながらも走り寄った。

すでに何人かの力自慢が、犬が吠えかかる大木にてこをあてがい、下敷きになっているものを人力で引き出そうとしていた。

騎士たちが汚泥の中から苦労して引き出したのは蹄鉄のうたれた蹄《ひづめ》だった。

（馬――だったか？）

ユリアスは気落ちしたが、犬はたいそうな興奮状態で吠え続けている。今まで何度となく人命を救ってきた名犬であった。

（お前の鼻を信じるぞ、ヒルダ）

馬一頭でもいい、救える命があるものならと――ユリアスは祈った。

ついに泥の中から馬体が引き出された――が、頭まで泥につかっていた牝馬は息絶えていた。しかし救助犬のヒルダはさらに興奮したようすで、牝馬の腹にけしかけるように鳴きつづける。

このときユリアスの頭中に、はじけるように、よみがえってきたものがあった。

（ナタールの水面を駈ける葦毛の馬――その腹にしがみついた――金と黒のいりまじった――妖魅の子――……それに、ロベルトの声「助けてやれ、助けてやれ」――闇より生まれた王子――……）

ユリアスは泥のこびりついた牝馬の腹に手を伸ばし、手のひらで泥をこすりとった。葦毛だった。あやしい身震いが走り、あとはほとんど無意識に、否なにものかに操られるかのように、短剣を抜いて、牝馬の腹に突き立てていた。

「おおっ！」

その場のみなが驚愕の声を上げたのも無理はない。ユリアスは難産の母親から子を取り出すため産屋で行なわれる手術をほどこしたのだ。しかし取り出されたのが子馬の胎児であったなら、ベルデランド騎士をそこまで驚かせはしなかったろう。

馬の《サリアの箱》につつまれていたのは人間の幼児だった。血と脂にまみれたちいさな体は寝衣をまとい髪もだいぶ伸びている。見かけは一歳と半年は超えているようだ。

しかし――

胎児のように丸まり両手両足をちぢめ、子どもはかたく目を閉じていた。呼吸をしていない。その肌はうす紫を帯びていた。ユリアスはさらに騎士たちを驚かせる技を披露した。子どもの両の足首をつかんで、逆さに吊り下げ、背中を叩いたのだ。

二度三度と叩かれるうち――

「…………ぎゃー」

子どもは喉につまっていたものを吐き出すと、弱々しく息を吹き返した。

ユリアスは安堵し、子どもの頭を上にして抱きなおして云った。

「この子をぬぐってやるものを！」

騎士の一人があリあう布を差し出し、ユリアスは子どもの顔をぬぐってやる。その間、子どもは腕の中で弱々しくもがきつづける。たしかな命の主張だった。今まで目にしてきた赤子とどこも違わない、やわらかさも、その重みも。だがはじめてだった、そのときかれが覚えた深い情動は。

（なんと――ふしぎな子だ）

牝馬の子宮に包まれていたこと、夢の中に出てきた妖魅を示唆するようなところ、ポーラースターのみちびく予言のこと。それらいくつもの謎より、子どもを手にとって抱く今、おのれのうちからあふれだし止められぬものにこそユリアスは戸惑っていた。その思いをすでに知っていた気さえするのだ。次にやらねばならぬことは解っていた。ユリアスは子どもに囁きかけていた、かすかに目尻を下げて。

（まず体を温かい湯で洗ってやらねばな。そしてたんと乳を飲ませてやろう——いやもう乳離れしているのか、そなたは？）

常のきびしい表情を緩めていることに気づきもしない。かれは子どもの肌着に目を留めた。血と脂に汚れていたが、衿もとに刺繍がされていた。

（シ・リ・ウ・ス——シリウスだと？）

むざんに命を断たれたブレーンの娘が、おとうとの名を刺繍したものだった。

そうして——

子どもは、ちいさな手で顔をこすると、やっと目を開けた。片方はうす青く、片方は闇の色をしていた。あやしい双眸を目にしたとき、ベルデランド侯ユリアスは、特別な——ヤーンの翼の羽搏《はばた》きにじかに触れでもしたような戦慄につらぬかれていた。

4

ヴァーラスの湖沼地帯とローデスから数百モータッドの彼方――。

ナタールの川音はもう届かない。一面石畳が敷きつめられ、四角い屋根の家々が建て込んでいる、そのけしきは災禍にあったブレーンの村落とは、同じケイロニアとは信じられぬほど隔たっている。――サイロンのタリッド地区である。

ルアーは沈み下町は黄昏に浸されてゆく。イリスはみえない。闇に染まった通りを往く者はなく静まりかえっている。

庶民の家ならば、かまどの火を落とし、ヤーンに、あるいはヤヌスに一日を無事すごせた感謝を捧げ、母親はひなたの匂いがするふとんにわが子を寝かしつけ、夜話のひとつも聞かせてやる時刻である。

子どもの中には、おとぎ話をさえぎって、不安を口にする者もいるかもしれない。しっかり者の母親ならば穏やかにやさしく云いきかせることだろう。

「ぼうや、不安がることはないよ。大帝陛下がおかくれになっても、新しい皇帝さまが選ばれて——世の中はおさまり、またきっと賑《にぎ》やかになる。お祭りも再開されるよ。お祭りになったら、縁日でお面を——お前の好きな豹の王様のお面を買ってあげようね。だから心配しないでお眠りよ。明日をたのしみにして、ぐっすり眠れば——ルアーの明るい輝きがお前を迎えてくれる」

云いきかせる母親自身が世の中が明るくなり、生活の不安が取り除かれる未来を願っているのだ。希望の言霊を口にすることで、たとえ明日が変わりばえしなくとも、せめて新鮮な気分で迎えようと思って云うのだ。望む変化とは、常によい変化。新しい、喜ばしい驚きに満ちた明日。下町のおかみに限らぬ、世の多くの人の願いだった。

感受性の強い子どもがなかなか寝入らないのも道理——その夜のサイロンの静寂はたしかに常とは違っていた。

鼠の年、茶の月、ルアー旬の夜の空気は、なにがなしあやしい、ぶきみとも云いきれぬふしぎな精気を孕んでいたのである。

サイロン中——否、ケイロニア中の精霊が、蜜を求める蝶のように、百魔の宴《ワープギル》に出席するのに集まってきたかのようだ。

タリッドのバイロス通りとタルム広場とをつなぐ、幅の狭い、大人の男なら二タルザンもかけないで通り抜けてしまうその小路に身を置くと、なおさら《気》は強く感じられるのだった。

しごく簡素な、ろくに調度類のない家の中に、迷い込んできたものがあった。うっすらと輝線を描いて飛ぶ。それは蚊ほどちいさな体に、かすかな妖気を帯びていた。ついと立ち上がった者におどろかされ、あわてて元きた空間に舞いもどる。

家の主は、はかなげな妖魅の逃げ去ったほう——あやしい薄紫と赤茶けた砂の広漠へ、暁星のようなまなざしをいったん注いだだけで、ふたたび朽ち木の椅子に腰を降ろした。黒づくめの、フードをおろした姿、道着の袖口からのぞく手首は骨のように細い。《まじない小路》にとどまって、サイロンと、そこに住む者の運命を観想する——予言者、世捨て人ルカだった。

その夜、サイロン中の精霊に影響を与えるほどの《気》の変化に気づき、ノスフェラスにある棲家と小路とをつなぐ「閉じた空間」そのものである魔道師の家で、この変化が何によるものか観測するため待ち受けていたのである。

黒死病が終熄してのち、七人の魔道師のおぞましい饗宴の余波によって因果の法則がそこなわれ、魔道師さえ住むに堪えなくなった小路に、ふたたび少なからぬ変異がもたらされる——予知は確信にも近かった。いわば緩衝地帯に身を置いて、その変化の本質を——本体が何であるかを見極めようとしていた。

まじない小路で最も臆病な魔道師とさえ囁かれる予言者だが、天文学者が夜空に新しい星の誕生をもとめるように——世界により強い、より激しい力が現れ、それによって世界それ自体が作り変えられる瞬間に立ち会うことは、白魔道師冥利《みょうり》に尽きることなのである。

だからこそ世捨て人を標榜しながら、中原に現われた大いなる変革の星宿――ランドックのグインの前に現われケイロニア王となる未来を祝福し、忠誠を捧げたのである。

そのケイロニア王グインは、頻発する怪事件の温床として、まじない小路の警戒を続けているが、先般、騎士が惨殺されてからは、イリスの一点鐘が鳴ってのちは、いかなる理由があろうと立ち入りを禁じている。

今の《まじない小路》は危険である。住人たちが結界を張り合うことで抑えられていた魔道のエネルギーの均衡がうしなわれ、怨念、毒の気、呪いの言霊、はては魔道師どもが作り捨てていった疑似生命までが暗がりのいたるところで増殖を遂げている。その危険性をルカはよくわきまえていた。

うわべは静かな夜であった。

魔道師の目であれば、かすかな星の光だけで、石畳の上に描かれた五芒星形さえとらえられるが、小路は濃い闇に浸されている。風は無い。さっきから長い白髪をちりちりさせているのは、そこかしこで高まってきている精気だった。魔道の尺度は精神世界に属するので、度数であらわすわけにはいかないが、いつプツンと切れてもふしぎがないほど小路内の圧力は高まってきている。

かれの内面にも及ぼされた緊張を、ゆるませたのはちいさな鳴き声だった。

（ミャオか……）

黒い子猫が一匹、鳴きながら小路を歩いてゆく。乳離れしたかしないかという幼さだ。

（親とはぐれたのか？　わざわざ、まじない小路に子を捨ててゆく者もいなかろうに……）

ルカはかよわくはかない命を気にかけた。危険度を増してきている小路。あやしい精気が凝集するまっただ中に、まるで餌食にされに来たようなものではないか？　子猫は、路地裏の、狭い地下階段から、ふいに病葉《わくらば》がいちまい飛ばされてきた。風がわき起こったほうに向かい首をかしげ、世界に害意というものが存在することを知らぬかのように鳴いた。――無邪気に、母を呼ぶように。

このときルカは、地下に身をひそめるものの気配を感知した。

（ああ……いわんことじゃない）

世捨て人は心中呻きをもらした。なかば仙人のような暮らしをしていても、はかない命が危険に――滅びに瀕するさまを平然とは見ておられぬ。未来を見通す力を持つがゆえ常人のふるまいに心を痛め、時に手を差しのべたくもなる。――ルカが、未来のある若者に、耳に痛い、厳しい予言を授けるのは、かれらのむざんな滅びを視たくないからだ。

このときも子猫に未来を与えたかった。しかし変わり果てたまじない小路はルカの力をうけつけない。

(猫一匹助けられないのか)

無力感にさいなまれながら、なかば無意識から呪文を唱えていた。

(結界の魔道が……)

それまでことごとく小路に跳ね返されてきたのが、あっけないほどだった。すぐさま「閉じた空間」を子猫のそばに張り出させ、(こちらへ来なさい)念を送った。

しかし子猫は首をまわして後じさりする。白魔道師の心話も、地の底からの舌なめずりも、幼い獣にとって異質であることにちがいなかった。むしろルカの厳しさや潔癖さを野良猫は警戒したのだろうか、さらに後じさる。

(こちらへ来いと云っておろうに!)

業を煮やしたルカは結界から出て子猫をおさえつけた。おどろいた子猫は爪を立てたが、すでにしっかり抱きかかえられていた。

このときルカは完全に結界を出てしまっていた。

そこで――

愕然と気付いた、元の位相に――魔道師の家にもどれなくなっている! ついさいぜんには「閉じた空間」を呼び出して小路に結界をひらけたが、まるで子猫が小路に誘い込む罠であったかのように、いままた完全にルカの力を受け付けなくなっている。

　猫を腕に小路に立ちすくむうち、ざわりといやな風を感じた。なまぐさい、魚のはらわたに似た匂いは地下からしてきた。子猫が嫌悪から毛を逆立てる。

　ズッズッと重量のあるものが地下階段を這いのぼってくる。

(足がないのだ)

　ルカはおぞましさに眉根を寄せながら、そやつの本体と性質を知ろうと念を研ぎすました。

　イトスギの幹ほどもある胴体を伸縮させることで這い進んでくる。予言者の特別な知覚に、地下の実験場の巨大ないかがわしげな桶の泡立ちが映る。それが生け贄の肉と魔の活精剤と、生命創造の禁じられた呪法とで生成された過程さえも――。

　闇の眷属《けんぞく》はぶきみな音を立てわずか数タッドのところまで出てきた。出てきた――と云ってもそれで全部なのか？　触手なのか、脚の一部なのかも解らない。粗い毛をまばらに生やしているのは象《エルハン》の鼻によく似ていた。ただしケス河に住む最大級の水ヘビよりも長く、その根元はいまだ地下の溜め桶から伸びつづけていたのである。

(――見た目はおぞましいが動きは緩慢そうだ。暗闇で生まれたせいだろう、目らしき器官もみあたらぬ)

　世捨て人は過剰な怖れに魂を縛られまいとする。

子猫の鳴き声には食指をそそられたようだが、永年の極端な節制により骨と皮ばかりなる世捨て人を餌と判断してはいないようだ。かといって子猫だけを犠牲に小路から逃げ出すなど論外。

しかし、ルカはイェライシャやグラチウスのように火球や暴風を生み出し敵を倒す技をもたない。その精神は世界を観想することにのみ特化している。結界をもうけて魔道に生み出された生物の侵入をふせぐことも今はできない。

そのルカの腕で子猫は、ようやく警戒心を解いて、匂いを嗅いだり頬をすりつけたりしている。幼くやわらかな波動には庇護欲をそそられる。

それに――

（今宵のサイロンに満ちている《気》は、闇や混沌に属するものだけではない。幼きもの、か弱い命を慈《いつく》しみ守らせようとする訴えも溶け込んでいる）

その影響を受けて子猫に手をさしのべたのか？　後悔したわけでもなかったが。そのときルカは路上の五芒星形に目をとめた。何日も雨風に晒されても消えさらぬ、そここ力のある魔道師の描いたものかもしれぬ。

（残留する魔道の力を借りれば、あるいは――）

危惧されるのは描いたのが黒魔道師だった場合だ。すがった盾がガルムの首となり牙をむけてくる可能性もある。

（ままよ、その時はその時）

五芒星形の中に走り込む。

はたしてそれは白魔道によって描かれたものだった。ルカは安堵する間もなく聖句をとなえ、見も知らぬ魔道師の気に、おのれの気を同調させることで、魔道の力の位階を上げた。そのもくろみは成功し、五芒星形の底辺をもった天幕が小路に立ち上がった。その中心で子猫を抱きしめ思わずほっと息をついた。

しかし、その直後──

石畳を突き破ってそれは大蛇のようにくねり出してきた。それもまた大人の男の腕より太く、象の皮に包まれている。匂いを頼りに地下室の階段から現われた《鼻》と、おぞましくつながりあっているのだ。

（──尾だ）

狂気の魔道師が再生をもくろんだ古代エルハンは、胴体や四肢──全身の細胞をとろかされた果てに、鼻と尾だけが闇の生物としてよみがえったのか？　それ以上考察する間もなく、結界は衝撃に揺れた。《尾》が叩き付けられたのだ。二度三度と。このすさまじい攻撃に、結界はたわみながらも持ちこたえたが、《尾》はするすると障壁を這い上り、獲物を捕らえた大蛇のように巻きついて締め上げにかかった。

この段階で《鼻》が動きだした。明かに《尾》と連係している。大蛇が身動きとれなくした獲物をむさぼり食うかのようだ。《鼻》の尖端が結界に張りついた。鼻腔にあたる二つの穴から繊毛状のものが伸びて来て障壁をなぞる。繊毛にみえたのは細くするどい牙で、それが白魔道の防壁を穿孔《せんこう》してくる。

ルカはおぞましい死をも観想し尽くすかのように双眸を見開いた。

（この夜のはじめに罠が張られていたのだろうか）

しかしダークパワーと狂気とに生み出された怪物に食われる未来など知らぬ。予言者にのぞけぬ唯一の未来こそみずからの死なのだから。

その代わり脳裡によぎったのは、かつて《まじない小路》にかれを訪ね、予言をもとめて来た何人かの顔だった。

茶色の巻き毛と、茶色の目に、やさしく感じやすそうな顔だちの青年は、聖王家を出奔した妾腹の王子だった。予言の言葉はかれを望ましい道に進ませる助けとなったのか？

そして――

海の瞳を持つ王女は、剣士の道を進むのか、女王の冠をみずからの手で得るか？

おのれの過去もよぎった。

二百年に満たぬ昔、ミロク教徒の夫婦間に生まれ清廉な教育をうけて育った少年は、観想によってのみこの世の真理を領解《りょうかい》する志をたてて、ハイナムの霊山アスプルクの頂《いただき》にちかい修道院にこもった。きびしい修行によって高い霊力を身に付け、その折に邂逅《かいこう》した強力な魔道師によって、霊能力の位階は上がり予知の力をも得たのだった。

しかし、くだんの魔道師の正体は闇の司祭グラチウスであった。はじめこそ《ドールに追われる男》イェライシャを名乗ったが、当のイェライシャはそやつによって五百五十年のあいだ檻に封じられていたことを後に知った。黒魔道師に欺かれたこと、それ以上に清廉で純潔な青年修道士が、ひとたびでも黒魔道の法則に触れた——けがされた事実を魂から消し去ることはできなかった。

（あれからずっと闇の司祭の名に怯やかされてきた……それも終わるのか？）

死とはいかなる観想であろうか？　思えばこれまでのすべての観想もその究極を前にしてのこざかしい抗《あらが》い、子猫が母親に戯れかかり反応を知るに過ぎなかった気さえする。

だがやはり——予言者とても生への執着はある。やり残したことも少なからずあった。たどりつけなかった哲学、真理の探求、世界の謎——中原に現われた、ひときわ巨大な星宿、魅惑的な謎——豹頭異形の運命そのものである戦士！　ケイロニア王、そしてノスフェラスの王でもあるランドックのグインが、全世界に変革をもたらし、おのれが何者であるか、という最大の命題と格闘し、勝利する輝かしい瞬間に立ち会えぬ——そのことが何より悔やまれる。

(わが王よ、死は恐ろしくない。惜しむほどの命でもない。矛盾するようですが、あなた様とあなたの御子たちがいかなる運命もようを織りなすか、見届けられぬそのことに比べたら)

その声に感応したように、ふところの子猫が身じろぎした。

その一瞬のち――

まじない小路の闇が消失した。ふいに、ゆたかに広がった、黄金の光によって。それはルアーや火にもたらされるものとは異なっていた。ルカはひたすらまばゆいその光に精神的な力を感じた。

(魔道とはちがう。しかしどこから、何に由来するものだ?)

その光は小路のすみずみを照らしだし、サイロンの市街にまで広がってゆくようだ。光に照らされ魔のものは動きをとめた。やわらかな光の質に、ルカは《母親の慈愛》を感じ取った。

――が、いつしかに黄金の光はうすれだした。その輝きが完全に消え去ると、再びいやらしい蠢《うごめ》きがよみがえった。《尾》による締め付けも止まぬ。みしみしと骨鳴りがして、ルカは痩せた頬に脂汗を垂らす。結界に加えられる圧力は魔道師にとって肉体的苦痛ともなるのだ。

(これまでか)

精神をへし折られ心臓が止まるか、その前に牙が喉に達するか——。

ルカは目を閉ざした。が、冷たい苦痛はもたらされなかった。代わりに温かな——抱きしめている子猫の温もりにも近しい波動に結界ごとつつみこまれているのを感じた。

ルカは目を開けぬまま視ていた。

おびただしい光の箭が天の一点から降りそそいできていた。さいぜんの黄金の光と似た性質をもつが、決定的な点がちがっていた。光の箭は《鼻》と《尾》の分厚い表皮をやすやすと貫いた。極細の火箭《かせん》となって、魔の肉をぶすぶす焼き焦がす。精神的な存在にしか出来ぬことである。しかも光の箭が当たった結界は、金剛石のような輝きを放ちだしていた。五芒星形の底辺から立ち上がった五本の柱は高熱を発し、霊的高熱によってからみついた《尾》はぶつりと焼き切られ、石畳に落ちてなおのたうったがやがて消滅した。

ここでやっとルカは思い至った。光の箭がいずこから来《き》たったか？　まじない小路——タリッド地区から距離を置く——七つの丘——風が丘なる黒曜宮からだ。先触れのようにも感じた黄金の波動もおなじ方向からだった。

遠隔の術をつかって、今このとき黒曜宮の産殿でおきているおおわらわを確認する。

（お生まれになったか！　わが王の御子が——王子が、ついに！）

世捨て人は歓喜にふるえながら、考察をめぐらしていた。

(魔の眷属に致命傷をもたらした光は、きわめて幼い、生まれてほどたたぬ性質を感じた。――産声であったか!!)

　十月ちかく母の胎内にまどろんだ者がこの世界で最初にあげる声。聖誕の声には特別な力があると、白魔道の教義にもある。それが常の人ならぬ超エネルギーの持ち主――豹頭王の御子のあげた産声なら黒魔道にも対抗できるだろう。

(予言よりすこしばかり早かったな)

ひと月ちかい早産である。それとて瑣末事《さまつじ》にすぎぬ。世捨て人ルカに感慨をもたらしたのは、誕生時からすでにかれに備わっている「他者を動かす力」だった。

(さすが我が王の子、生まれながらに帝王の器あり。――おかげで助かった。そなたもだぞ)

　しかし、幼い獣はふーと荒い息を吐き背中の毛を逆立て、結界の一点を威嚇している。ルカは失念していたのだ。《鼻》の存在を。《尾》を断ち切られ、無数の焦げ穴をうがたれながらもそれはまだ生きていた。痛覚がないからか、その動きによどみはなく、結界内に身をたぐり込ませ、繊《ほそ》い牙をイソギンチャクのように伸ばそうとしている。

　ふいに立ってもいられない絶望をおぼえ、世捨て人は子猫に心話でいった。

(今結界をひらく。そなたは逃げろ。まだ幼いのだ)

幼い不満げな波動が返された。

（私は世を捨てた身。観想も尽くした。王子誕生にも立ち会えた……満足だ）

結界を解こうとした時だった。

光の箭が放たれたのと同じ方角から、また別のエネルギーが飛来してきた。光の性質は似ていたが、こんどは太くひとつに縒《よ》り合わせられ、ガトゥーをしとめる銛であるかのようだ。光の銛は《鼻》に突き刺さって、小さな爆発を起こした。これで《鼻》の胴体部に大穴を空けると、小路を急旋回して、《鼻》の尖端部にちかい部分をふたたび貫いた。その勢いのまま急上昇する。その光は美しい緑がかった尾をひいていた。

ずたずたにされ、黒ずんだ血を吐きながら《鼻》はしばらく蠢いていたが、やがて闇《やみ》路《じ》にくずおれた。

もはやルカの特別な知覚をもってしても、小路に光の痕跡を見いだすことはできなかった。観想をつとめとする者に、魔の眷属を焼き滅ぼした光の箭と、美しいエメラルド色の銛がもたらした印象は鮮烈だった。わずか一タルに満たぬ間のできごとをめぐるめく検証する。

（始めの光の箭は王子、光の銛は王女のものだったか……）

世捨て人の痩せた顔に、久しく浮かべたことのない表情がおしあがってきていた。——

——心からの笑い。

（なんというお転婆娘なのだ、豹頭王の姫は！）

(――ヤーンよ感謝いたします。この聖なる夜に立ち会えたことを。豹頭王の王子と、そして王女の産声を聴き――その性質の一端に触れられた。世を捨てた身に余る僥倖に感謝いたします)

結界を解いて、ひさしぶりに夜気を胸いっぱいに吸い込んだ。ひんやりしたじつに清澄な空気であった。

(甘みさえある。――これまでとちがう)

空気がまったくちがっていた。

それまで小路のいたるところから垂れながされるままだった、魔毒と云うべき毒の気が薄れてきている。ためしに空中にルーンを書いてみる。ヤーンの聖句がぱっと燃え上がり消える。まちがいなかった。《まじない小路》に、もとからの黄金律がよみがえっていた。七人の魔道師事件によって因果を狂わされ、魔道師でさえ住むに適さなくなった土地に緩解期がおとずれていた。

(これも、豹頭王の王子王女の聖誕のなせるわざなのか)

ルカは深い感慨をおぼえていた。

この夜のはじめから、まじない小路――いやサイロン中の精霊たちが《気》をたかぶらせていたのも、聖誕に影響されていたのだ。グインと愛妾ヴァルーサの子の出産。ケイロニア史に記されるだろう出来事は、この世ならぬものにも影響をあたえるものだった。

ルカは黒曜宮の方角を見あおぎ、あらためて念を送った。

（おめでとうございます、グイン陛下！　黄金の盾殿《ヴァルーサ》。祝福を──心より祝福いたします）

黒猫の子はルカの喜びに呼応するように、ひときわ高く鳴いた。

新月の下、まじない小路の真ん中で──。

第三話　イリスの炎（一）

1

「オクタヴィア様、馬車の用意ができました」

女官に声をかけられ彼女が立ち上がったのは、星稜宮のうちではかなり小さな部屋だった。

「わかったわ、すぐに――いいえ、マリニアに会ってからゆくわ」

タヴィア――オクタヴィア・ケイロニアスは答えた。

しなやかな長身を黒いドレスに包み、豊かな銀髪は髷《まげ》にしてやはり漆黒の布とネットでまとめている。簡素な部屋に家具といえば、今まで祈りをあげていた小さな祭壇しかない。アキレウス大帝が危篤におちいってから、回復を祈ってこの部屋で毎日祈りつづけていたのだ。――祈りは聞き届けられなかったが。

祭壇に祀《まつ》られたサリアの神像をみつめる、タヴィアの青藍色の双眸は暗くけむっていた。

（いつも……こんな小さな部屋からだった）

五歳まで母親と暮らしていた郊外の別荘。母と娘だけの暮らしは、刺客によってむざんに絶たれた。母ユリアは陵辱《りょうじょく》され殺された。幼い彼女は凶行が行なわれている間、寝台の下で声を押し殺しつづけねばならなかった。その恐怖と深い心の傷が少女の彼女に氷の刃をいだかせた。

冷たく暗い復讐心を胸に成長したのち、皇弟ダリウスの皇位簒奪の陰謀に利用されかけた。玉座への野心を植えつけられ、アキレウス帝暗殺後に、唯一の皇子として名乗りを上げさせる——叔父が筋書きを書いた芝居から際どいところで抜け出せはしたが、

（私は稚く愚かだった……悲しみの小部屋の扉を醜い欲望に向けひらいてしまった）

皇帝暗殺の陰謀を未然に防いだグィンによって、母ユリアを殺した犯人がダリウスであることが明らかにされ、そのときすでにマリウスと恋に落ちていた彼女は、偽りの皇太子として生きるより、市井の女としての幸せをとったのだ。愛する人と穏やかな暖かな家庭を築くことが冷たい黒曜石の座に座るより自分にはあっている。生まれてくる子どもにはぞんぶんな愛情をそそいで、けっして自分の味わった悲惨や苦痛には触れさせまい——

タヴィアはマリニアの部屋に入っていった。

天井も壁もやさしい色あいで統一され、背の低い寄木の箪笥《たんす》の上に花籠が置かれ、壁の楕円形の鏡もかわいらしく造花で飾ってある。

「マリニア」

黒の月が来れば七つになる。金茶色の巻き毛を両耳の後ろからねじりあげ編み込んで長く垂らしている。青みを帯びた灰色の絹のドレスは、銀のレースをあしらった上品でおとなしやかなデザイン。母親のひいき目ぬきにしても「ちいさな淑女」と呼びたくもなる。

「ああ……あー」

マリニアは母親に話しかけようと大きく口を動かす。その表情は以前の子どもも子どもしたものではなくなっている。祖父の死を看取ったことで変わったのだ。さらに一歩成長したのだ、とタヴィアは思う。愛娘の成長を確認しながらも、この子も「母と娘の部屋」を出て生き方を決める日がくるのだ——いつも期待と不安、両極の思いにしめつけられる。この先に続く道は平坦で穏やかにはいくまい。人とちがう耳のことで澄んだ明るい瞳が翳らぬよう、母としてできるだけのことをしてやりたい。指文字で意志をつたえられるよう専用の教師をつけ、初級ルーン語の読み書きもはじめさせている。

「オクタヴィア殿下——」

男の声にオクタヴィアは振り向いた。

マリニアは弾けるような笑顔を向けて、「おーうー」

星稜宮の護衛長官に任じられている護王将軍トールである。無骨な顔を緊張から厳しいものにしている。

「いよいよ後継者会議ですね」

「ええ。これから黒曜宮に行ってくるわ」

「お父上を亡くされたばかりの妃殿下に、悲しみにくれる間すら与えないとは、ヤーンはむごい仕打ちをされるものだ」

アトキア生まれの武人が真剣にいきどおっている。

「――そうね。でもこれは私にしかできないことだから」

タヴィアはきっぱりと云いきった。

そうだ、自分にしかできないことだ。獅子心皇帝の遺言を黒曜宮の重鎮に明らかにする。そしていささかも曲解されることなく後継者決定の卓に載せる。これは自分にしか出来ないことなのだ。

「マリニアをくれぐれもお願いね」

「任せて下さい。国王騎士団三千がしっかりお守りしております。安心して――会議では思うぞんぶん発言なさって下さい」

「そういってもらうとうれしいわ、トール将軍。政事に関しては門外漢だけれど、ふしぎと気後れを感じないわ。お父さまの御霊《みたま》が守ってくれていると信じてるし。かちんかちんの石頭のフリルギア侯とやり合ったって一歩も引かない。負ける気がしないわ。……あら、これじゃまるで戦場におもむくみたいね？　ケイロニアの安泰のためなのに」

タヴィアは少し口もとを緩めたが、青い瞳にはたしかに戦いの場におもむく女戦士の光があった。

トールは目をほそめ、黒衣の貴婦人を、仰ぎ見るようにみつめて云った。

「とことんやり合ってきて下さい。――イリス殿下」

これにタヴィアはくちびるを微かにほころばせた。ルアーのバラのように美しくたくましい微笑だった。

中庭を歩いてゆくと馬寄せの手前で、わんという吠え声がした。ふりかえったタヴィアは、大きなタルーアン犬と共に駈けてくる美少女の姿を目にした。

マリニアは巻き毛をなびかせ、スカートの裾を両手でたくし上げていたが、母親と目が合って足を緩め、歩きながらドレスの裾を元にもどした。タルーアン犬のほうは稚い主人にあわせ、騎士気取りでゆったり付いてくる。太い尾をふさりふさり揺らして。

「どうしたの？　お転婆さん」

タヴィアは上気した娘の頬に指をすべらせ訊いた。

マリニアはその手をとって、手のひらに指文字を書いた。

《かあ・さま・だい・すき》

タヴィアは愛娘をひきよせ、桃のような頬に頬をおしつけ、ぎゅっと強く抱きしめてから、指文字でこたえた。

《わたしも・おまえ・が・せかい・いち・すき》

国王騎士団に守られ、タヴィアを乗せた箱馬車は、サイロンをとりまく丘陵地を風が丘へと向かった。星稜宮のある光が丘とは丘をひとつ隔てるだけ、飛燕騎士団の早馬なら一ザンもかけず繋ぐ距離だ。

馬車に揺られながらタヴィアは思わずにいられない。

(仰々しく馬車を仕立てず馬を駆ればすぐなのに)

乗馬の勘を鈍らせないため、離宮の馬場でときたま愛馬に鞍を置くことはある。しかしササイドン城でのダナエ侯暗殺から、皇族や選帝侯クラスの人間の移動には、馬車と騎士の護衛が欠かせぬものになっていた。

(お転婆なんてものじゃなかったわね、あの頃の私……)

サイロンの町を男姿で駆け抜けた日々から、十年も経っていないが遠い昔のような気がする。今や隣に衣装と化粧直しの係の女官を座らせているのだ。

タヴィア自身に、華やかな衣装や宝石に飾り立てられ、人々の賞賛を浴びたいという欲はかけらもなかった。ケイロニアを代表する貴婦人として、宮廷人から崇拝のまなざしを浴びながら、この美女ときたら、自分の手に目を落とし（いつ見ても節が太くて大きくて、ぶかっこうね）と考えているのである。

政事に表立って関わるより、家族のため料理をつくり、娘といっしょに指文字を学びたい――家庭的な安穏《あんのん》のほうに惹かれるし、自分に合った役割だとも思う。

それでいてアキレウス大帝を看取ったあと、彼女はじつに気丈にふるまった。遺骸をきよめ寝衣を喪儀に改める――ケイロニア大公国からのしきたりに添う――大喪につながる諸事を中心になってとりしきった。タヴィア自身は無我夢中だったが、長女らしい立派な態度と迷いのない采配が、悲しみにくれた臣下をずいぶん励まし力づけたのだ。

ただ一人、故カストール博士を除いてだが……。

宮廷医師長にして長い間アキレウス大帝の侍医であった老医師は、大帝崩御の翌早朝自刃していた。医学薬学をきわめた者なら安楽な方法を選べたろうに、カシスの教えをドールの道に使うことを潔しとしなかったのか、自室で首筋に刃を当て果てていたのだ。

「私の力が足らず、お父上様のお命の糸を繋ぎとめることが出来ませんでした。この上はゾルダの坂までも陛下を追いかけ、お詫びを申し上げねば気が済みません」

オクタヴィア宛の遺書は「どうか他の者をお咎《とが》めなきよう」と結ばれていた。むろん悲報を知って星稜宮へ駆けつけたグインが、大帝治療に骨身を削った医師たちを罰するはずもない。ただちに殉死を禁止する王命がケイロニア中にまわされた。

カストールの遺書は他に二通あって、一通はグイン王その人に、そしてもう一通はカシス医師団の医師長であり、今後ケイロニアの医学界を背負うことになろうメルクリウスにしたためられていた。

遺書に目を通したグインは、豹頭ゆえ表情をおしはかることはできなかったが、言葉にはしみいるような響きがあった。

「アキレウス大帝という巨星に連なる、高貴な星のひとつを失ってしまった。老師はケイロニアという国にとって欠くべからざる大事な方だったのだ」

巨星が墜ちるとき、そのように引かれずにいられぬ星もまたあるのだ、とタヴィアは思い知って、「カストール博士はするべきことをなさったんだと思います。博士を止めることはヤーンその人にも出来なかったと思います。今ごろゾルダの坂道でお父さまに追いついて、飲みやすいようにお薬を薄紙にくるんで下さっていることでしょう」

そうして大帝の死に遭ってから二度目の涙をグインの前でながした。

グインと共にやって来たハゾスからは、十二選帝侯会議の結果を聞かされた。グインが皇帝に選出されなかったことに、タヴィアは深く落胆したが、ケイロニア王と宰相に大帝の遺言を伝えた上で強調した。

「大帝陛下はマリニアに継がせるとはおっしゃってないわ」

マリニアにケイロニア女帝の重責を負わせない。それが変わらぬタヴィアの主張であり、後継者会議でも譲るつもりはなかった。

「オクタヴィア殿下、あれをご覧になって下さい。ふしぎな——」

もの思いから彼女を引き戻したのは、女官の声だった。

ここまで来ると、前方に漆黒の威容がくっきり見て取れる。しかし、女官が指していたのは黒曜宮ではなかった。その上方だ。最も高い尖塔に触れるほど低く、たれ込めている——

（雪雲？　まさか……）

タヴィアは眉をくもらせた。北国とはいえ雪が降るには早すぎる。それにその雲は黒すぎ汚すぎるような気もしたのだ。自然でない《気》というものがあるとして……。むろん霊能力も魔道の心得もない、ケイロニアに生まれ育った婦女子に超自然の感覚などありはしなかったが。

（きっと会議を前にして気がたかぶり過ぎているんだわ）

プラチナブロンドを振って、黒衣の下の胸にかけている、父帝の形見である獅子の紋章を通した金の祈り紐をまさぐった。

黒曜宮の要人で、オクタヴィアの到着を心待ちにしていたのは、誰あろうケイロニア宰相、ランゴバルド侯ハゾス・アンタイオスその人であった。

＊　＊　＊

アキレウス帝の急逝からすでに二旬をかぞえる。

大帝のなきがらは黒曜宮のうちに設けられた殯《もがり》の宮に移され、そこで選帝侯をはじめとする主だった貴族、また諸外国からの大使たち、外交官たちの弔問《ちょうもん》を受けられるよう手配がととのえられている。

代々のケイロニウス家の伝統にのっとった葬儀の手配も、煩雑な政務の中で手ぬかりなくすすめていた。唯一最大の懸念が大ケイロニアの獅子心皇帝にふさわしい格式の葬儀費用を国庫のどこから捻出するかであったが、サイロンの商工連に大きな発言力を持つ絹商人のエリンゼンから「長きにわたりその英名と剛毅とでケイロニアを治めてこられた、豹頭王陛下の大事な舅《しゅうと》君であらせられる大帝陛下の御霊のために」と、多額の志が寄せられたのである。エリンゼンといえば幼い一人娘を黒死病で失くした傷心を、豹頭王に慰藉され信奉者になった経緯がある。エリンゼンの常識を超えた献金は、ランゴバルドにアトキアを合わせた直轄領の税収をも上回っていたのである。ハゾスは商人の財力というものに感服しつつも、したたかな商人の魂をさえ魅了してのけた豹頭王の力にあらためて感じいった。

そのグインに、最愛の義父アキレウス帝の死は、どれだけ打撃となったか、臣下として親友として案じないでいられなかった。ハゾスと共にサイドン城から星稜宮に駆けつけたグインは、その夜一晩中もの云わぬ父のかたわらに寄り添って過ごした。静かにうなだれた豹頭は、この上もなく厳粛な悲しみの形そのものに見えた。

そうしてアキレウス帝の死にあってのち、グインの巨軀から漂う雰囲気が変わった。いっそう深みと豊かさを増したように思えたのだ。臣下と、黒曜宮に仕えるすべての者、サイロンの民のひとりひとりを包みこみ、いっそう力付けるようにだ。

（やはりケイロニア皇帝を継ぐのはこの方しかいない）

ササイドン会議は波瀾のうちに幕を閉じたがハゾスは諦めたわけではない。

ハゾスがシルヴィアの産んだ不肖の王子を殺めたと嘘の告白をしたことで、ケイロニア王と宰相の二人三脚の関係に生じていた溝が、ササイドン会議の波瀾、大帝の死にあったのち、いくぶんか埋められたように感じられたのだ。艱難辛苦《かんなんしんく》は多くとも、この世界は黄昏や闇ばかりでない、と自らに云いきかせ施政の励みとしていた。

それにまた――

グイン王に訪れた思いがけない二重の慶事がある。

のちに《ケイロンの至宝と宝剣》と呼ばれる双児の誕生である。

「宰相閣下、お伝えいたします――」

廊下の向こうから急ぎ足でやって来た女官が、長いスカートの裾を持ってていねいなお辞儀をする。胸のところを羽根まくらをくったように持ち上げている。顔だちに見覚えがあった。ヴァルーサの部屋係である。

「オクタヴィア殿下から、会議の前に、ヴァルーサ様と王子様と王女様に直接お会いになり、お祝いをおっしゃりたいとの仰せです」

ハゾスは心晴れした気分になって、云った。

「おお、もちろんそうして頂け。グイン陛下にはお伝えしておろうな？　私もすぐに向かうとお伝えしてくれ」

そのようなわけで、ハゾスとオクタヴィアの顔合わせは、後宮の一画に設けられた産《うぶ》殿《どの》ということになった。産殿と云ってもアキレウス帝が豹頭王の世継ぎのため普請《ふしん》を命じた立派な建物で、冬場にはじゅうぶん暖がとれるよう配慮されてもいる。

この小宮殿でヴァルーサの出産前夜、あやしい事件が起きたことをハゾスは知っていた。それどころかグインと共に古鏡の精に翻弄されかけた。母となるヴァルーサに害をなすものではなかったが、豹頭王の子の聖誕とは、宮殿に詰める者のみならず、この世のものならぬ存在にとっても穏やかではいられぬ出来事だったようだ、と魔道にうとい宰相も感じいっていた。

そう、たしかに――

豹頭王の子がこの世に生まれでた経過には常軌と異なる点がいくつもあった。

まずひと月ちかい早産であったことだがこれは異常とまでは云えまい。が、にわかに始まった陣痛、破水、ときわめてすみやかに進んでいったこの分娩は、産科医を大いに訝《いぶか》しがらせることになった。それまでマルスナ師はヴァルーサの腹の子を「きわめて元気な、ひとつ児」と診立てていたのだが、精霊騒ぎがおさまってすぐ元気な産声が響いた、その四分の一ザンも経たぬうちヴァルーサは再び陣痛に身をよじったのだ。後産《あとざん》というものがある、ということをハゾスもネリア夫人の出産に立ち会って学んではいたが、

「こんどは王女さまでございます！」という声を聞かされたときは、正直よろこびより驚きがまさった。

心に備えがなかったのはグインも同じだったようだ。むしろ驚きは深かったかもしれない。常に何ごとにも動じず、沈着冷静をくずさぬ豹頭の王が、その刹那巨軀をすくませたように見えた。

「豹頭なのかッ？」

その声にわずかながらの狼狽があったように、ハゾスには聞き取れた。

さすがマルスナは経験豊富な女医である。穏やかな口調は初めて我が子と対面する父

親の不安を取りのぞくすべを心得ていた。

「ご自分の目でお確かめ下さいませ、陛下」

そうして恐る恐る産褥《さんじょく》の場に入ってゆく王の姿は、巷《ちまた》の父親とどこも違うところはなく、ハゾスの目には微笑ましく映ったほどだ。後になって思ったことだが、豹頭王ともあろう男でも我が子が豹頭かそうでないかは、懐妊を知ったその日から心を悩ます大問題だったようだ。しかし臣下の身には生まれてくる子が豹頭であろうとなかろうと忠誠にいささかの障りもなかったのである。

その運命の双児が、母親の慈愛と乳とによって、育てられている産殿である。

建物を支える四本の柱には、ヤーン、ルアー、イラナ、イリスというケイロニアで信仰の篤い神々が浮き彫りにされている。魔除けであり四方からの外敵をはらうための様式である。建物の中心にはサリアを彫刻した飾り柱が立てられ、丸天井を支えている。これは内なる敵——疑心や翻心、あらゆる邪の心に抗することができるのは「愛の心」だとするアキレウス大帝の晩年の思想が反映されている、と建築にたずさわった名工からハゾスは聞いていた。

ヴァルーサ母子の寝室からオクタヴィアの声が聞こえてくる。

「赤ちゃんの手ってこんなにちっちゃいうちから、爪の先まで大人とそっくり同じにできているのだから感心するわ」

この言葉どおり赤子はふたりとも、常の子とどこも違わない姿をしていた。

ハゾスは扉の前でこほんと咳払いをした。

「ハゾス宰相だわ、ヴァルーサさま、入ってもらってかまわないかしら？」

「ええ、タヴィアさま」

ヴァルーサは寝台に起き上がって王女を胸に抱き、にこにこしていた。

オクタヴィアとヴァルーサはすでにずいぶん打ち解けあっている。

オクタヴィアは王子のほうを抱いていて、

「赤ちゃんってとってもいい匂いがするのよ。ハゾス宰相も抱いてごらんなさい」

「せっかくのお言葉ですが辞退いたします。赤子の扱いに自信がないのです。よく眠っておられるのに泣かしてしまうかもしれませぬ」

すやすや眠っている王子に丁重に頭を下げる。

「まあ！　ハゾス宰相なら何でもそつなくこなせると思ったのに。それとも抱っこの快感は女にしかわからないものかしらね？　赤ちゃんを抱いていると守ってあげなきゃ……ううん、マリニアの時はそう思ったものだけど、グイン陛下のお子を抱いていると、私たち大人がまずしっかりしなきゃ！　背骨をしゃんとしなきゃという気持ちになってくる。殿方もこの感覚を知るべきじゃないかしら」

オクタヴィアの言葉には育児に手を出したがらない男性への不満がこめられているよ

うだった。

　しかしハゾスがグインの王子に手を触れられないのは、シルヴィアの子――血こそつながっていないが、ヴァルーサの産んだ子の兄王子にあたる――シリウスをもうあと少しで手にかけそうになった経緯があるせいだった。同じ手でこの輝かしい――瑕瑾《かきん》のひとつもない命に触れることができようか、と潔癖に思い込んでいる。

「ハゾス宰相、グイン陛下はまだおいでにならないのかしら？」

「陛下は執務で手が離せないと、小姓が託《ことづ》けをもってきました」

　ハゾスは、グインが愛妾と王子王女水入らずの姿をあまり見せたがらないことに、うすうす気付いてはいた。

「まあ、そうなの」オクタヴィアは残念そうに云ってから「先ほど、ヴァルーサさまと話していたのだけれど――」

　ヴァルーサは無言で漆黒の星のように輝く瞳をハゾスに向けた。母親の胸に抱かれた王女の瞳が鮮やかな緑にきらめいた。ハゾスはどきりとして、生まれて日数のたたぬ赤子を見直していた。

　オクタヴィアはいくぶん表情をひきしめて云う。

「グインの王子と王女の名前をどうするか、誰が名付け親になるか、これはケイロニア皇帝家としても重要だわ。以前、グインには話しているんだけど、私が母のお腹にいる頃お父さまはもし男児が生まれたならアルリウス、女児ならオクタヴィアと名付けたいとおっしゃっていたそうなの。もしお父さまが生きていらしたら、誰よりも名付け親になりたがったと思うわ。王子にはお父さまの遺言としてアルリウスの名を付けてほしいと、私からグイン陛下とヴァルーサさまにお願いしようと思っていたのよ」

「では王女さまのお名は誰が？」とっさにハゾスは問うた。

「それがグイン陛下には、すでに心に決めた名前があったんですって。ヴァルーサさまからお聞きしたわ」

「王さまはリアーヌと付けようと思う、とあたしに云いました」

そのときハゾスの目をさめやかな緑の光が打った。驚いて瞬きをすると目の前の赤子が笑っている。

（生まれたての子が笑うなど……）

ハゾスは王女をまじまじと見直した。

（錯覚か。それにしてもなんとも気品のある顔立ちをされている。豹頭王の娘リアーヌ。成長の暁には中原の騎士の心を騒がせる美姫になるやもしれぬ）

エメラルドの瞳をもつ王女は、ハゾスにそんな遠い思いを抱かせた。

2

後宮から黒曜宮の主殿にわたる長い廊下を歩きながら、オクタヴィアは頬を火照らせていた。

（さてこれからだわ。できたら氷水を顔に叩きつけ肌を引き締めたいところだれど、女官にお化粧がとれてしまうと止められるわね、きっと）と思いつつも、気分はけっしてわるいものではなかった。

それにさいぜん、アルリウス王子――正式に決まったわけではないが、この名の響きをヴァルーサも気に入ってくれたようだ――とリアーヌ王女に対面し、赤子の重みと温もりをその手にしてから、ふしぎな高揚感と力を身のうちに感じていた。

タヴィアとても、マリニア以外に、もうひとり――ケイロニア皇帝の血をひく男児をもうけていたら後継問題はこうもややこしくならなかった、という思いはある。もしケイロニアの貴族なりと再婚していたら……

（でもそれは出来ない相談だわ。マリウスを今も愛しているし、マリウスに感じた情熱や、マリニアを愛おしく思う気持ちを裏切る気がするし……そもそも私はそんな器用な女じゃない。お母さまと同じ。お父さま以外の男性を拒んで、殺されていったお母さまの娘なのよ）

（グインの血を受け継ぐ男児が生まれたことは、ケイロニアにとっても皇帝家やマリニアにとってよいことだとは思う。とはいっても、男の子が生まれないからと悲観したり妬んだりするのは違うと思うわ。グイン陛下の御子が、男の子が生まれる、女の子が生まれる、どちらもヤーンによる采配なのだから。グイン陛下の御子が、男女の双児であったのは、なんといえばいいかしら……そうだわ、命の平等さを示しているように思えるわ）

それまでオクタヴィアは、むしろ男子優先のケイロニアの慣習に親しんでいたのだから、この考えに至ったのは大いなる転換と云えた。

ハゾスによって導かれたのは、黒曜宮の奥まった一室である。古びた革とごくかすかに黴《かび》のにおいがする。壁の重厚な樫の本棚にぎっしりと書物がおさめられ、会議の間というより図書室の趣きがある。書架と逆の壁にはカシスの神像が祀られていた。

細長いテーブルに着いて待っていたのは、黒曜宮に詰める重鎮ばかり、いずれも有能で真面目な――かちんこちんの堅物ぞろい。タヴィアは内心（ふう）と息をつく。

グインが来ていないことに軽い失望を覚えたが、すでに遺言の内容は伝えてある、彼女の真意と共に――。

(まずは私の口からみなに遺言を伝える――ということね)

先読みもする。ササイドンの選帝侯会議が、ダナエ侯毒殺とゴーラの伏兵という事件の勃発で中絶したことはハゾスから聞いている。切れ者の宰相が暗くむずかしい表情で懸念を洩らしていた。黒死病の下手人は《売国妃シルヴィア》である、という誹謗中傷も完全に終熄せぬ矢先に――タヴィアにも不穏の思いは伝播する。

(まるでダリウスの死霊が裏で糸を引いているようだわ)

偽りの皇太子という狂言をもくろんだ、醜くゆがんだ魂の持ち主。欺かれたとはいえ、いっときでも実の父に復讐を考えた過去の自分を恥ずかしく思うと同時に、

(でも市井の民はそんな愚かじゃないし、偽りも噂もいつか白日の元にさらされる日がくるわ。ダリウスは間違っていた)

そのダリウスは亡命先のユラニアで自死した。母の仇への憎悪も、長い間柔肌を男装に押し込め、娘らしい楽しみを犠牲にして生きねばならなかった恨みも、バルヴィナの炎と共に消えさったとタヴィアは思っていた。

(人の心はそんなに弱くない。深い傷を負っても、騙されたと知っても、愛する者を失うことになってさえ――人生を投げずおろそかにせず、明日に向かっていけば、いまわしい心に二度はつけこまれない。悲しみがつけた傷は癒え、いつか傷痕だけになる)

タヴィアは帝王学を正式に学んではいないが、こう考えるようになったのは陰謀劇を経た以上に、〈煙とパイプ亭〉での日々があったからだ。モンゴールの田舎町の食堂の女将は、戦火に遭って息子をうしなってさえ、たくましさと優しさ、そのひたむきに生きる姿勢を曲げることはなかった。

（タヴィアさん、あたしゃ時々感心してしまうんだよ。神様のなさることって、どうしてこうみごとなんだろうってね。いくさでは息子のオロを失くしたけれど、ダンは帰ってきた。足を失くしちまったけれど、アリスが嫁に来てくれ、手伝って店をちゃんとやってくれる。もしアリスが子どもをさずかったらあたしらには孫が――オロには甥が出来るんだよ。――いってしまうものがあれば、やってくるものがある。ヤーンのなさることは、この上なくみごとなもんだよ）

オリーは彼女の人生の教師でもあった。

司会のハゾスがテーブルを前にして云った。

「本日お集りいただいたのは、オクタヴィア殿下より、ケイロニア皇帝アキレウス大帝陛下がご崩御の際に云い遺されたお言葉をお聞きするためである。大帝陛下の正式のご遺言として、しかるべき検証をし、次期ケイロニア皇帝選出につなげるためである」

会議の主旨を説明され、アトキア侯マローンが質問する。

「ハゾス宰相、そのようにおっしゃられるのは、大帝陛下はご崩御の際に、はっきりグイン陛下を指名されてはいないということですか？　本会議をもってもまだ後継者の決定には至らないと……」

ハゾスは苦々しく答えた。

「さよう――先般のササイドン会議の分断を踏まえた上で、慎重の上にも慎重を期さねばならぬ。来るアキレウスのご葬儀において遺言は公表されねばならない。それまでに十二選帝侯会議の足並みを揃える必要があると考えている」

宰相ハゾスの白皙に苦渋の色があるのも道理。この場に出席する選帝侯は、ハゾス、アトキア侯マローン、フリルギア侯ダイモスの三人のみだ。

他には、宮内庁長官のリンド伯爵、近衛長官のまだ若いポーラン、そして先ごろアンテーヌ赴任を終え大蔵長官に就任したナルド伯爵である。この三人は黒曜宮でも特にハゾス寄りの高官である。内々の会議という印象は否めなかった。

若いマローンは、アキレウス大帝の遺言という、決定的な言質《げんち》が密室で発表されることに危惧をおぼえているようだ。が、ハゾスとしても、他の選帝侯になんだかんだと理由をつけて登城を拒まれ、その間にも葬儀がせまってくる、いたしかたない事情はあったのである。

ここで立ち上がったのはフリルギア侯ダイモスだ。黒曜宮一のうるさがたで典範《てんぱん》の一言一句まで諳《そら》んじるほどの有識者。タヴィアはつい身構えてしまう。これまで学者めいた厳めしい風貌の持ち主は「マリニアの皇位継承権」を金科玉条《きんかぎょくじょう》のごとくふりかざしていたからだ。

そのフリルギア侯が、「アトキア侯、まずは、オクタヴィア殿下から亡き大帝陛下の最期のお言葉をお伝えいただくことが肝心ではないか？」

この言葉にタヴィアはあらためて緊張する。

「その通りですね、フリルギア侯」ハゾスも云う。

全員の視線をそそがれ、タヴィアは頰を紅潮させる。圧力は感じるが、こわいとは思わなかった。真実を伝えるのに何を臆することがあるだろう？　まなじりを決して云う。

「申し上げます。ご臨終の際に大帝陛下はおっしゃられました。『ケイロニアをたのむ、ケイロンの剣、イリスの涙をオクタヴィア……』と。あとの言葉は聞きとれませんでした」

その発言ののち——

図書の間に咳のひとつも聞かれず、重鎮たちは遺言の言葉を反芻するかのようだ。

ややあってマローンが気の抜けたていで聞きなおした。

「おそれながら、それだけ——なのですか？」

「それだけ、とは非礼ではないかな？　アトキア侯」とはフリルギア侯。

「失礼いたしました、オクタヴィア殿下——」

「しかしながら、侯が抱いた思いは、この場の誰もが些少は感じておられような」

立ち上がり座を見回す、フリルギア侯の表情は穏やかだった。その顔から柔和な気づかいを見てとってタヴィアの苦手意識はうすれた。次の言葉はいくぶんか楽に発することができた。

「それだけ——と思われるのはもっともだと思います。私も、聞き取ったときには、ご遺言として不完全ではないか、ご遺骸に向かって、もういちど正しく後継者の名前を告げてほしいと願わずにいられませんでした」

このとき宮内庁長官リンド伯が目をうるませて云った。

「私はたいそう厳かな……予言の言葉として拝聴いたしました」

長らくアキレウス帝の侍従をつとめた伯爵の発言に座はふたたび静まりかえった。

「ありがとう、リンド長官」タヴィアは礼を云ってから、

「本心を申し上げると、大帝のご遺言をありのまま、黒曜宮で発表することにはためらいがありました。なれど、お父さま——英名なる獅子心皇帝陛下が、お力を尽くし、ケイロニアのために残してくださった、これはいわば言霊です。リンド長官が云ったように、大帝陛下のお言葉がケイロニアの標《しるべ》となるのだ、と思ってこの場に参りました」

「つまり、言霊となられた大帝のご遺志を、地上のわれらがどう解釈するかにかかってきていると云うことですか？」とマローンは濃い眉を寄せて云った。

「その通りだ」

ハゾスの声はいくぶんか沈んで響いた。なにしろ先般の選帝侯会議が、新皇帝にケイロニア王グインを就ける――ハゾスの構想から、著しくはずれた地点に帰着してまだ日が浅い。亡きダナエ侯のふるった誹謗の刃。ケイロニア独裁を勘ぐられたことは心外であったが、宰相のおのれ一人で画策し主導するにはケイロニアは巨大すぎ、各選帝侯の胸には思いも寄らぬ画策がなされていると思い知ってから、今後はことさら持論を押し出さず、誘導めいた言動もひかえ、オクタヴィアと他の選帝侯、重臣の考えに合わせる考えでいた。それにだいいちハゾスは、グイン擁立という一大計画にあたって、オクタヴィア皇女こそが最大の同志――盟友と信じていたのである。

「そして特に検証すべき、重大なこととは――」とタヴィアは言葉を改めた。「私が聞き取れなかった陛下のお言葉です。その部分にこそ重要な遺言が含まれているのではないかと考えました」

「大帝陛下はご遺言の中で、次の皇帝を指名されていたということですね」とマローンが云った。

「そうです」

タヴィアはこのとき全員の目が深く鋭くなったことを感じた。サイロンの夜に刺客と対峙していた――そのときと同じ緊張が身のうちに張りつめる。今おのれに托されているのはルアーの剣ではない。ヤヌスに司られる真実と、カシスに守護されし知力だとわきまえる。彼女の言葉はわずかにも震えなかった。

「さいぜん申し上げました通り、最期の言葉はオクタヴィア――私の名でした。言葉を発されたとき大帝の息はきわめて弱く、声ではなくくちびるの動きでやっと読めたのです。マリニアの耳のことがありますから、日頃私は教師について読唇術を学んでおります。そして、その後もくちびるはかすかに動いたのですが、それは読みとれぬまま……大帝陛下は息をひきとられました。けれど私の胸には、ひとつの――ひとりの名前はありました」

タヴィアは顔を上げいくぶんかあごを反らした。

「皆様がた、私の口の動きをよくご覧下さい」

口を大きくうごかし、最後の音のかたちでしばし止めてから、

「この形で大帝陛下は眠りにお就きになられました。この事実は一人で胸におさめておくのは重すぎるので、すぐに読唇術の教師を枕元に呼びました」

席についた全員がタヴィアがしたように口をうごかし、

「――ふむ」

「なるほど」

との声をもらす。

「教師はとまどったようでしたが、私の考えに偏りや飛躍はない、もし必要となるなら証言すると誓ってくれました」

「オクタヴィア殿下は、たいそう重大なことを確認して下さった」

フリルギア侯は感心したように云った。

「ケイロニアのため——父が死の床で示された、おごそかな意志に従ったまでです。確認したのは私と、サイロン出身の女教師ですが、わずかな偏りも作為もないとヤヌスにもヤーンにも誓って云えます。アキレウス大帝陛下は、『ケイロニアをたのむ、ケイロンの剣、イリスの涙をオクタヴィア——グイン』と云い遺されたのです」

「おお」

「大帝陛下がグイン陛下の名を——」

「これはゆゆしい」

「きわめて重い事実だ」

黒曜宮の重鎮たちがざわめき立つ中で、タヴィアはまなざしを宙に放って立ちつくした。

「この大帝のご遺言によって、今後選帝侯会議はどのように動くか、各選帝侯の考えにどのような変化を及ぼすか——だな？　ランゴバルド侯」フリルギア侯が云う。

「然り」ハゾスはうなずいて、「くれぐれも曲解なされぬよう、慎重に開示される必要がある」

「うむ。おそれおおくもご臨終の獅子心皇帝アキレウス陛下より賜った言霊だ。先の選帝侯会議に上がったお二方の名を、大帝陛下が口になされた意図については心して検証せねばならぬ」

フリルギア侯はあごひげをひと撫でしてから、タヴィアに向き直った。

「オクタヴィア殿下、皇帝陛下のご臨終に賜るご遺言は、ケイロニア大公国の頃より、大喪の礼において動かしがたきものとされております。まさに言霊、尚武《しょうぶ》と赤誠《せきせい》を何より重んじるケイロニアでは、神秘の効力をもつものと考えてよろしいかと存ずる。――さいぜんリンド長官が口にされたように、大帝のご遺言には予言のお力さえ感じとれます。ご遺言を解釈するにあたって、ここで、ケイロンの剣とイリスの涙がケイロニア皇室にとっていかなる御璽《ぎょじ》か解説いたしますが、よろしいかな？　ご一同」

これに異議をとなえる者はなかった。がちがちの典範主義者にして、先代皇帝の姪の姫君を妻にもつ選帝侯は宮廷を代表する有識者であるからだ。

「まず『ケイロンの剣』とは、ケイロニウス家の宝刀として皇帝以外なんぴとも持ち出せぬ秘宝であり、その刃には平和への祈りと共に、ケイロンにあだなす者への戒めがルーンによって浮きださせてあります。そのルーン・ジェネリットが『マルーク・ケイロン』――騎士の士気をたかめるかけ声の元になったとされます。

そして『イリスの涙』——これはケイロニア皇帝の熾《し》王冠《おうかん》にはめ込まれた皇帝家代々の至宝で、この世界有数の金剛石については古のケイロンの伝承に、『熾王冠を戴く者が重大な決断を下すとき、珠玉よりほとばしる炎は世界をすら変える』という記述があります。

これは大帝陛下が、オクタヴィア殿下、あるいはグイン陛下に、ケイロニアを代表される証しの御璽を託されたと解釈してよいでしょう」

「ダイモス、それはいささか急いてはいまいか？」

ハゾスがあわてて云ったのは、結論を急ぎすぎサイドン会議の轍を踏む怖れを感じたからだが、フリルギア侯は切り返すように云った。

「ハゾス・アンタイオス、先の選帝侯会議において、後継者問題をヤーンの神域に置いたままにはしておけぬ、と云ったはおぬしではないか」

「それは……」

切れ者の宰相がことばに詰まる。

「ケイロニアは建国この方なかった事態を迎えている。獅子の玉座は空位となり——いまだ後継者も決定しておらぬ。これは国家のゆゆしき危機であり、切られた期日は一ザン一ザン迫ってきておる。大帝陛下崩御より数えて四つ目の旬——イリス旬までに、黒曜宮の主殿にてつつがなく新皇帝の即位式が行なわれぬ場合、大ケイロニア全体に禍がおよぶとされておるからな」

「お言葉ですが、フリルギア侯、悪しき影響をもたらすというのは、大昔の――大公国時代の云いならわしだと聞き及んでおりますが？」

「アトキア侯、云いならわしを軽んじてはならぬぞ。永年に語り継がれてきた言の葉には真実のみもつ重さと威光がある」

　このときフリルギア侯の目がきらりとしたのにタヴィアは気付いた。それは意を得た――感情のあらわれに見えなくもなかった。

「そしてここで鑑《かんが》みねばならぬのは、今ここに出席していない選帝侯の胸中ではないか？」

　ハゾスはうなだれるように首肯く。

　フリルギア侯はハゾスから、まだ若い近衛長官に向き直った。

「ポーラン伯におかれてはロンザニア侯の意中をご存知でしょうな？」

　ポーランの夫人はロンザニア侯の末姫である。

「――はい。義兄にはグイン王擁立に迷いがあるようです。それから、大帝亡き後、黒鉄鉱の交易条件が不利になることを疑っているようです」

「そうだな」とフリルギア侯は云った。「ツルミットとラサールは隣の領地であることで、使者を介して意向をたしかめてみた、両侯ともダナエ侯暗殺の首謀者が明らかになっていないことをあげつらうばかり。それこそ国家元帥たる者の怠慢だと――あきらかに鉾先を向ける先をまちがっている」

それ以外にサルデス侯、ワルスタット侯もグイン王を信任していない。その上選帝侯筆頭のアンテーヌ侯は選帝侯会議で中立の立場を明らかにしている。

これをタヴィアはくちびるをひき結んで聞いていた。

アキレウス大帝という巨星をうしなって、選帝侯の十二の剣は求心力をうしない、その決断力も弱まってきているのだろうか？

また選帝侯会議の場によぎった、あやしい翳のこともある。施政者たちに怯懦《きょうだ》がとりついている印象を受けた。

彼女自身は選帝侯間の軋轢《あつれき》も、暗殺の疑惑や恐怖にさえ無頓着だった。彼女の思いはただひとつ――グインを新皇帝に就け、マリニアを女帝の責務から解き放つ――そのためならドールその人とでもやり合う覚悟でいたのだ。

ハゾスが苦い顔で云った。

「嘆かわしいのは、いまケイロニアにはグイン王に不信感――とこれは明らかに当人たちの心得ちがいなのだが、おそろしくも愚かしい誹謗中傷は現にあって、それを鵜呑みにしている者が高位高官にいるということだ」

「讒言《ざんげん》をしたライウスという男については、アサス護民官から聴取をしましたが周旋《しゅうせん》業に就く者であったことしか判明していません。ライウスや他の市井の者を使って、皇帝家とグイン陛下のよこしまな噂を流すやからの所在や、その動機はまだわかっていません」とマローンは眉根を曇らせる。

「たしかに嘆かわしいことだ。だが誹謗や中傷に踊らされ、真実を見極めることが出来ぬ者は所詮そこまでの器。政事に関わる資格をみずから放擲《ほうてき》したも同じだ」

フリルギア侯はむしろ吹っ切れた、会議の欠席者を切り捨てた発言ともとれる発言に及んだ。

「ここで私の有識としての見解を――大帝陛下のご遺言をケイロンの伝統に照らし合わせ云わせてもらってよいかな？　今後この解釈は有識者会議の議論の的となるであろうしな」

「誠にその通りだ。解釈の相違から選帝侯間の分裂をまねく怖れすらある」とハゾスが云った。

他に異議を唱える者はなかった。

フリルギア侯は話しだした。

「私はつねづね万世一系の皇帝家の系譜を蔑ろにしては、よからぬことになると考えていた。また男子相続のしきたりについては、マリニア姫の継承によって転換を迎えるのであろうか、との感慨をもって推移を見守ってまいった」

マリニアを持ち出されタヴィアはびくりとする。フリルギア侯はつづけた。

「本日、大帝陛下のご遺言をオクタヴィア殿下よりお伺いし、『イリスの涙』――この言葉の響きに私は打ち据えられた。変革や転換を意味するケイロニアの至宝――これぞ大帝陛下のやんごとない示唆に他ならぬと悟ったのです」

タヴィアに向かって云っているとしか思えなかった。

タヴィアもハゾスも、フリルギア侯の云う変革とは、ケイロニア王グインの即位を意味すると思っていた、この時まで。しかし有識者にしてがちがちのケイロン純血主義者の考え方はまったく違っていた。

「私は大帝陛下の言霊をかく読み解いた。ケイロンの剣に象徴されるケイロニアの武の統率をグイン陛下に、そして――イリスの涙をオクタヴィア殿下に受け継がせよ、と。さよう、ご臨終の場で、大帝陛下はご息女――長姫オクタヴィア殿下を後継に指名されたと考えるのが正しく穏当である――すべてにあてはめみて！」

「なんと…！」ハゾスが呻く。

（フリルギア侯――）

抜き打ちのような皇帝指名に、タヴィアは貫かれたように立ちすくんだ。

「いや、大帝陛下はグイン陛下を皇帝に指名されたのだ！　オクタヴィア殿下に向かい、グイン陛下に後顧をたくすと云い遺されたのだ」

　とっさにハゾスが反論する。

「それにオクタヴィア殿下は男子優先のケイロニアの法を重んじられ——」

　ハゾスの言葉をさえぎるように宮内庁長官のリンド伯爵が云った、両眼に濡れた光を浮かべて。

「フリルギア侯、よくぞ云って下さった。私もそのように受け取りました。オクタヴィア殿下にはさぞイリスの涙を嵌め込んだ宝冠がお似合いのことでしょう」

　マローンが云った。

「選帝侯の九人までがオクタヴィアさまの皇位継承権を承認している。マリニア殿下の他に皇位継承資格があるのはオクタヴィア殿下おひとりだ」

　あまりのことに気が動顛《どうてん》し、タヴィアは返す言葉が見つからない。自分が女帝になる、その可能性すら考えていなかった。マリニアを皇帝の座にまつわる過酷な運命から遠ざけたい、今までその一心で行動していたのだから……。

「でも……」

　自分の声がたいそう遠くから聞こえてくるようだ。

「……私に女帝の資格なんてないわ」

「何をおっしゃいます、殿下に資格がなかったら他に……」リンド長官は他の誰かの名を云おうとしたのかもしれないが、言葉をつつしんだように、「オクタヴィアさまこそケイロニア初の女帝にふさわしゅうございます。お顔だちも立ち居ふるまいもアキレウス陛下のお若い時分によく似てらっしゃいます」

「いいえ！　私は人望も――施政者としての才覚もグイン陛下に及ぶものじゃない」

「聞くところによれば、オクタヴィア殿下はみごとな剣の腕前と勇敢な魂の持ち主だとか。尚武の国においてこの上なき資格でありかつ才覚ではありませぬか？」

フリルギア侯の口調は逃げ場を封じるようだった。

「まつりごとに背をお向けになる方ではないはず。それに――かつて殿下はイリスと名乗っていたとお聞きしました。これはじつに象徴的なことだ」

フリルギア侯が「イリス」の名を口にしたとき一座からどよめきが上がった。

タヴィアはあわてて云った。

「ちょっと待って……すこし考える時間を下さい。あまりにも突然すぎる」

とにかく考える時間が必要――相談する相手がほしい。彼女の頭にはそれしかなかった。

ヤーンははるかな高みにあってながめおろす、地上の人間を、その運命の軌跡をなべて平等に──。

3

サイロンから南へ下るのがケイロン街道なら、ケイロニアとパロを結ぶワルスタット街道が最も有力な街道であり、ワルド山脈を抜けると名をクリスタル街道とあらためシュクを経てクリスタルに至る。

主なる街道の他にも多くの脇街道、裏街道が施政者の権力の行使や都合で建設されている。イーラ湖を大きく迂回──というより、まるでクリスタルを避けるように、パロス平野の田園地帯を縫うように走るその道もまた赤い街道と呼ばれるものだった。脇街道にあって臨む都は白銀色の光のしみのよう、美しい尖塔の群も遠ざかると蜃気楼のようにおぼろげな影にすぎない。

赤いレンガの道を今、一台の馬車が南へと向かっていた。

黒い箱馬車は二頭のたくましい馬に引かれていた。御者は大柄な身体をすっぽりマントでおおっている。トルクの毛色をしたマントにフードを目深く下ろした姿は、窓に覆いをした馬車の客どうよう人目を避けるかのようだ。――もっとも旅人と往きあったとしての話だが。

脇街道ゆえ大きな宿場町や荘園を経由しない。旅人や隊商の行き来がすくない「影の道」である。施政者にあまりかえりみられず、何年も補修をされなかった石畳は、ところどころ剝がれ自然の石がはまり込んでいる。道の悪さゆえますます旅する者は減少し、廃れてゆくというぐあいだ。

がたがた揺れる馬車の乗客のうち一人は、しょぼくれた初老の男だった。

「もうあと十モータッドでシランに至ります。シランの町ならマルガにも近い。宿屋や食堂もございますでしょうから、今夜こそ車中泊にはならずに済むでしょう」

男が話しかけているのは黒いドレスを着た二十代のほっそりした女だ。茶がかった金髪で、あごの細い顔だちは少女めいてもいるが、くるみ色の瞳にはこの世のものごとに倦《う》み果てたような光がある。

初老の男は膝の地図に目を落としながら云い継いだ。

「マルガと云えばリリア湖を臨むパロ貴族の保養地。クリスタル大公の霊廟があることで有名です。故アルド・ナリスといえば内乱において国王打倒を旗印に、義勇軍を指揮しました。拷問による右足切断その他の障害をおって剣を持つこともかなわかったそうですが、悲愴な覚悟と高潔な魂に心酔する者も多く、崇拝者の参拝は今なお絶えないそうです。そのナリス公はアルシス宮殿に近いリリア湖の小島に眠っています」

とうとうと観光案内よろしく云いたてるが、女は興味をひかれたそぶりもなくつぶやく。

「お墓やお葬式の話はやめて。いやな気持ちになる」

「それは失礼しました。ではナリス公の名前が出たところで、かの内乱がいかにして起こったかを――聖王家はかつて兄であるアルシス王子と弟のアル・リースとが相争った果てに、弟が兄に打ち勝って王位を得、アルシスは祭司長に退いて、息子のアルド・ナリスは叔父の子であるレムスの宰相を務めていた。そののち起きたのがパロ内乱です」

「知ってるわよ、そんなこと」

女はつまらなさそうに云って、窓の覆いをはぐってけしきに目をやった。

「――そうですか。では聖王家に伝わる《青い血の掟》についてお話ししましょうか？建国王アルカンドロスの直系である聖王家の一族には厳しい掟が課されます。自由な婚姻などありえません。王家に生まれた女性に自由な恋愛は認められておらず、アルド・ナリスの母親であるラーナ大公妃は恋人との仲をひきさかれ、泣く泣く甥のアルシス祭司長に妻合《めあ》わせられました」

「まあ、パロの王家にもひどい結婚をさせられた女はいるのね！」

　はじめて話の内容が心に触れたように声をたかくする。

「それに母親に想い人がいたのなら、アルド・ナリスだってその──青い血の……」

「青い血の掟です」

「なんだっていいわ。その──アルド・ナリスだって正統な血筋なのかしれたものじゃないっていいたかっただけ」

「それはどうですかね？　パロの女性は奔放と云われておりますが、王家だけは聖域中の聖域ですから、結婚前に他家の男と通じるような──ふしだらで、あさはかな姫君など三千年の歴史の中に一人も生まれてはこなかったでしょう」

　そう云ってライウスという男は口の端をわずかにつり上げた。彼女は皮肉を云われたことに気付いた。この男ときたらさまざまな情報に明るく、同乗者の退屈をまぎらわしもするが、時々言葉の響きには底意がこめられている。口調はへりくだっていても心からの敬意を払っていない、と彼女は敏感に感じていた。

「──それより、ずいぶんさびしいところに来てるけど？」

「ルヴィナ様、あなた様の《買い手》がさだまるまで、この地では目に立たないほうが都合はよいのです。それに交渉相手が必ずしもおだやかな、友好的な対応をするとは限らないと《主》《あるじ》は考えておられます。大きな都市はむしろ危険があると」

《主》とは闇の中で彼女に囁きかけ亡命をそそのかした者のことだ。

彼女は内心つぶやく。（サイロン——ケイロニアを出たからって安全じゃないってことね）

窓の外は田園風景から荒れ果てた草もまばらな荒れ地に変わっていた。赤茶けた土地が往く手の先の先まで続いている。陰気に雲がたれこめ、パロス平野とも思われない、うらさびしく、荒れ果てたけしきである。

（国境を越えたと云われても……パロに来たことなんてないんだもの。騙されていたってわかりゃしないわ。こんな暗いさびしいところ……やっぱり騙されてるような気がする）

ルヴィナ——シルヴィアは《闇の主》に従ったことを早くも後悔していた。亡命先で女帝として即位し、ケイロニアの継承権を異国で主張する。パロの有力者をその後ろ盾にするなんて、夢みたいな摑みどころのない話だとも思う。サイロンの下町でのおそろしい悪夢じみた経験のあと、目を覚ましたら馬車に乗せられ、否も応もなく旅がはじまっていた。闇の館に連れていかれたのとどこが違うのだろう？　いや、あのときのほうがまだ快適だったと、車輪が石に乗り上げたかして大きく揺すぶられるたび思う。

（気分がわるい。こんな思いをするぐらいなら、あのまま〈青ガメ亭〉にいたほうがずっとよかった。みんなでパンをつくって……ああ！　焼きたてのパンの香り、もうずいぶん昔に嗅いだきりのような気がするわ）

ガタガタ揺すられ通しも、座席で眠らねばならないのもいやだが、旅のあいだの食事にも我慢がならなかった。宿屋や、豊かな――旅人を受け入れられる――農家がみつからない場合、御者が火を熾《おこ》し湯を沸かして、かちかちのパンと干し肉をひたして、やわらかくもどして食べるのだ。

（あんなの人間の食べるものじゃない。パロに来てるんだから、かる焼きのパンにクリームを載せたのがたべたい。それにうんと甘くしたカラム水も……）

（やっぱりロザンナさんの香草入りパンがいい）

サイロンの下町にはいられない、自分でもわかってる。その運命のはんぶんを招いたのは他ならぬ自分だ。けれど〈青ガメ亭〉での人がましい暮らしに未練があった。黒曜石と黄金と豪奢《ごうしゃ》な調度をしつらえた宮殿にはなかったものが、下町の下宿屋にはあったのだ。偽名をルヴィナとしたのはせめてものよすがだった。

それに――

（アウロラ……）

手をさしのべ暗い場所から引き上げようとしてくれた。彼女の痛みをいやし孤独をいっとき埋めてくれる者が必要だった。宮殿のどんなに由緒ある宝石も孤独をいやしたり力付けてはくれないのだから。かつてシルヴィア皇女は、ふとしたことで悩みを打ち明けた女官に――友愛と呼ぶにはあまりにも一方的ではあったが――心を寄せたこともあったのだ。

(クラはどうしてしまったかしら？　すこしぼんやりしていたけど、あたしに逆らったり陰口をいわない感心な子だった)

その哀れな娘の人生をふりまわし、あげく悲惨な末路をたどらせた自覚などはないのである。

(あら…？)

道端の白いものが目にはいった。

「馬車を止めて！　今すぐ」

シルヴィアは声を張り上げた。

「どうしたっていうんです？」

あわてるライウスなど無視して再度命じる。

「止めてちょうだい！」

すぐに馬車は止められ、御者は台を飛び降りて、乗客の意をはかりとったかのように、乗り降りを補助する脚台をとりつけにきた。

シルヴィアは短い階《きざはし》を踏んで道におりたった。

レンガの敷石の外側にひろがる荒れ野は、森林を焼いたか塩でも撒いたかと疑ったほど石ころばかりで草もほとんどない。その一画に群れて咲く白い花はことさら可憐にみえた。その花をみつめる彼女のうちに物悲しい気分がおしよせてきた。

（マリニアみたいって云われてたわ、いつも……。ルアーのバラには喩えられない。ちっぽけなあたし。いつも二の次にされ、ないがしろにされて……）

何より彼女が傷つけられたと思うのは、グインに愛妾ができ、子どもが生まれると知ったことだった。さんざん罵倒し、あてつけに乱行までしておいて、愛人と庶子ができたと聞くと谷底に突き落とされたような気分になるのは、彼女のうちに良人をすがり頼みにしている部分がある証しかもしれなかった……。

（あたしのちっちゃな赤ちゃんは殺しといて、自分の子は大切にしてお披露目するのね。許せない――ぜったいに許さないんだから、グイン。豹頭の悪魔）

とはいえ復讐者に必要な忍耐力の資質などシルヴィアにはない。女の柔肌を男装につつんで剣の鍛錬にはげんだオクタヴィアのストイックさを、異母妹はクスリにしたくも持ち合わせていなかった。

御者の男は、その彼女からすこし距離を置いて立っていた。灰色のフードを目深く下ろして顔も見せない。彼女に話しかけもしないのは、よほど卑しい身分なのだろうか、それとも口がきけないのだろうか？　しかしその男は不快なものを感じさせなかった。馬車の乗り降りに手を貸してくれたり、野宿の際に水を汲んできたり、接する態度はライウスなんかよりずっとうやうやしくて――好ましかった。

(御者はあたしを利用しようとはかんがえていない。あたしが不快にならないように気を配って、心から大事に思っている。——そんな気がする)

けっして顔を見せないのは、なにか理由があるのかもしれない。

ひとつ思い当たることはある。

(……パリス)

死んだと教えられた。……死んだはずだ。サイロンの地下水路で溺れかけたシルヴィアを助け、ありったけの息を吹き込んで闇の川底にひきこまれていった……。

(そうよ、パリスのはずがない。体つきは似ている気がするけれど、別の人間にちがいないわ)

御者もライウスどうよう《闇の眷属》にちがいない。人のかたちをしているが《主》に忠誠を誓うことで二度目のかりそめの生を得た者なのだ。すでに死んでいる身なのだ——自分がそうであるように。そう思ったとき、シルヴィアは自分の痛みにひきもどされ、胸を抱きしめ身震いした。

足下の白い花びらも心なしか寒そうに震えている。風に乗って獣の遠吠えがきこえてくる。荒野のかなたに暗い緑色のしみを落として森がみえる。その森で狼《ブルク》が鳴いているのだろうか？

馬車が走り出し少ししてから、シルヴィアは馬車の中に蝶がいるのに気付いた。いつのまに紛れこんだのだろう？　ちいさな黒い蝶は目の前をひらひら飛んで、すいと窓からのがれた。次に感じた異変はもうすこしぶきみだった。

「なんだか、さっきの……ブルクの声が近づいてきてない？」

ライウスは首を振った。

「さあ、わたしにはわかりませんが」

シルヴィアは耳を澄ましてみた。――いやな感じ。空気を伝わってくるのは音よりむしろ気配であり感覚にちかいものだった。単に獣が鳴いている感じではない。おそろしげな――おどしつけるような。それは地下酒場で下町の男たちから《売国妃》と呼ばれ襲われかけたときの恐怖を彼女に思い出させたのだ。

その上――

臭いまでしてきた。ものが腐ったような、やはり獣の体臭であろうか？　なまぐさい臭いが風に混ざりこんで窓から馬車の中にはいってくる。

（変だわ。いやな――ものすごくいやな感じがする）

思ったのと同時に、それまで一度も聞いたことがない音がした。御者がたてつづけにムチを入れる音だ。

たちどころに馬車の速度が上がる。悪路を疾走する馬車の中で、乗客は舌を噛みそうなほど揺さぶられるが文句を云っている場合ではない。

（御者も気付いたんだわ――何か――よくないものに）

追ってこられているのだという直感がした。

（ブルクの群が追ってきてるの？……まさか、森はずいぶん遠いのに）

とはいえ荒野を住処にする獣のことなどしらない。尚武の国に生まれそだっても狩りに参加したことなどないのだ。

わけのわからない不安が、やがて恐怖に確定してゆく。いたたまれない時間の中でシルヴィアは自分の両腕に指を食い込ませた。


御者は中の者よりはっきりと異変の元を察知していた。――一匹や二匹ではない。群をなして追ってきている。

先頭のやつと一モータッド以上距離はあったが安心などできない。グラックの馬のように、常軌を逸した速力で――常軌を逸した存在が、吠え猛り、獰猛に牙をむいて、異様な体臭を撒き散らしながら接近してきている。特徴的ないがらっぽい体臭は《主》からの情報にあった。御者はフードの下の粗い、表情にとぼしい顔に焦りの色をにじませていた。

半ザン――

わずかそれだけの時間で一モータッドちかい距離を詰められてしまった。

追いついてきたのはこの世の神がつくった生物ではなかった。同じ種の獣がつながって一定の期間胎内で育ったいのちではない。怪物。この魔道師だけの理解力と認知を、御者は主から授けられていた。――《闇の司祭》から。

生命の黄金律を何者かがもてあそび、種の輪廻をねじった果て、奇怪な変異をとげたものだった。唸り声、体臭、走ることに適した体型はブルクに似ていなくもなかった。胸幅はせまく四つ足は強靭、脇腹には骨格がうきでており、腰のぶぶんが蜂のようにねじ切れそうにくびれている。

御者はなおも激しく馬にムチをいれた。二頭の馬のたくましい全身はすでに汗に濡れていた。筋肉を酷使する発汗だけではなかった。本能的な恐怖に駆られて走りに走った。すさまじい勢いで揺れだした馬車にあって、

「こりゃ、たまらん！」

ライウスは天井から垂らされた吊り革につかまった。

「ブルクよ、ブルクの群に追われてるんだわ」

シルヴィアの声はとめどなく震えていた。

「おお、なんと――ヤー…」ライウスは魔除けを唱えかけたが、神の名はかろうじて云いとどまった。

「……ブルクのえさなんて御免だ」

シルヴィアは窓から後ろを見やり、先頭を走る獣のぞっとする姿を目にしてしまった。

(ブルクじゃない……あれは……おお、なんということ!!)

化け物にしかみえなかった。闇の司祭と誓約を交わしてはいないシルヴィアは神の名を口にのぼらせた。

暗い青緑の体を覆っているのは、ぬめった光を放つうろこ。彼女にそこまで観察するゆとりはなかったが、びっしり全身を覆ったうろこは硬い甲殻であり、うろこ紋様の鎧をまとっているのに等しかった。さらにおぞましいことに巨大な爬虫類のひらたい頭の下に縦長の虹彩をもつ目を輝かせているのだ。

シルヴィアは口に手をもっていった。恐怖と嫌悪から吐き気をおぼえていた。

ライウスも外を見て血相を変える。

「化け物だ！——何してんだ、もっと、速度を上げられないのか？」

恐怖を御者にぶつけるように、吊り革をひっぱり大声で喚き立てる。

それに対しシルヴィアは座席でいっそう身をちぢめた。

(さっきのあれは何？　ドールがこの世にもたらした生き物？　何なのよ？)

こみあげる吐き気と闘いながら、ひたすら——これは夢だ、悪夢にちがいない。目がさめたら、ロザンナの下宿屋の寝台で、焼きたてのパンの香りで目を覚ます——という妄想の世界に閉じこもろうときつく目を閉じた。

だがいっときの逃避すら許されはせず、吠え声がたてつづけに聞こえてきた。それは獲物を追いかける猟犬の鳴き方だった。ドールの飼い犬――ガルムに追いたてられる気分におちいる。

「いかん、このままだと追いつかれる！」

喚き立てながらも、情報屋はケイロニア皇女より数段実務的だったし生き意地が張っていた。

「……そ、そうだ！　タウロだ、タウロの七つの冒険だ」

タウロとは賢人の名前だ。シルヴィアも知ってはいる。

ライウスは座席の下に置かれた旅の鞄から竹で編んだ籠を取り出した。籠の中には旅の食糧――干し肉が詰められていた。ライウスはそれをつかみだし窓から後ろに投げはなった！

おそるおそるシルヴィアがのぞき見ると、化け物どもはレンガに撒かれた干し肉につぎつぎと殺到している。

（思い出した！　タウロは七つの冒険の一つで、グールに出会ったとき肩ごしに生肉を放り投げ、グールがそれをたべる間に走って逃げたんだわ）

ライウスの目論み《もくろみ》は当たり、とかげの尾をした化け物犬は、馬車のことなど忘れたように干し肉を奪い合っている。あとからきたものには獰猛に牙を剝いている。あさましいけしきから目を背け、シルヴィアは胸のおくでつぶやく。

(これからは干し肉のことを悪く云わないことにするわ)

しょぼくれた同乗者を見直しもする。

(昔語りの知恵をとっさに活用できるのはたいしたものだわ。これで安全なところまで逃げ切れるわ)

だが籠いっぱいの干し肉にそこまでの霊験はなかった。とかげ犬が干し固めた肉を丸呑みに平らげるのに、一タルザンもかからない。後ろからきて肉にありつけなかったものは立ち止まりもしなかったのだ。

「だめよ！　ライウス」

ふたたびシルヴィアは悲痛な悲鳴をあげた。干し肉は凶暴な飢えをなだめるどころか、新たな活力源となってしまったようだ。おぞましい鳴き声がぐんぐん接近してくる。なまぐさい体臭も強まり、シルヴィアはまた吐きそうになる。

そして――

何かが馬車の後尾にぶつかってきた。爪か、牙か、その両方かが、馬車に達した――その震動としか思われない。

「もう、いやーっ！　夢なら早くさめて！　お願い！」

シルヴィアは泣き叫び、頭をかかえて座席に身を伏せた。

身を伏せたのは正解だった。このとき窓の覆いを突き破って、青黒いうろこに覆われた尖った鼻面があらわれたのだ。大とかげの牙をそなえた大口がばくんばくんと空を食む。窓のさんに前肢の鉤爪《かぎづめ》をひっかけていた。

「うあー！」

ライウスが絶叫しながら、さきほどの鞄を投げつけた。化け物が衝撃にのけぞったところを見計らったように馬車が大きく蛇行した。強靭な鉤爪の持ち主も堪えきれず窓からふり落とされる。箱馬車にとりついたのはもう一匹いて、後尾から鉤爪を打ち込みつつ屋根に這い上ってきていた。

御者はすみやかに馬車を立て直そうとしていた。風にフードははねのけられ、傷だらけの醜い顔があらわになっている。特に目立つえぐれたような額の傷。青い目の光は暗かった。

屋根にはい上がってきた犬の爬虫類の目が、そのたくましい背中をねめつける。と、飛びかかってきた刹那に、御者は振り返って手をひらめかせた。あざやかにムチが空を裂く。ぎゃっと苦鳴があがって、両眼をムチで潰された獣はもんどり打って、下の敷石に叩き付けられる。

しかしこのとき別の一匹が、馬車の横をめざましい速さで駆け上がってきていた。左側の馬に伴走するように走っていた姿が一瞬でかき消えたのち、耳を覆いたくなるような馬の鳴き声が響いた。下腹に食らいつかれたのだった。

馬はたてつづけに苦鳴を上げる。とかげ犬はするどい爪で馬の脇腹にしがみついて牙を突き立てたのだ。食い破られた馬の腹からどろりと臓物と濃厚な血臭があふれだす。

がくんと馬車の速度が落ちた。

表情ひとつ変えず御者は御者台を立ち上がり、抜きはなった大剣で馬の引き具を根元から叩き切った。あわれな馬を馬車から蹴り離し、すかさずムチを振り上げた。

背後から新たな生き餌を得た、聞くに堪えない唸りと鳴き声が響く。狂喜しているのだ。肉を食いちぎり、骨をかみ砕き、血を啜《すす》る――おぞましい狂騒に、馬車馬は絶命の声までも食いつくされていく。

御者台からとかげ犬《クルーラ・バウ》の饗宴をかえり見る、男の目には悲しげな、憐れむような光がある。闇の司祭に魂を捧げながら、人間性のありかを示す光だった。

と、ふいに御者台が影に覆われた。

御者は頭上を振りあおぐ。

白く細長い正体不明のものが馬車の真上を同じ早さで飛んでいる。

この上さらに空から襲撃されてはたまらない。

御者は顔をゆがめ、絞り出すように《主》の名を唱えた。

御者の口からこぼれたのは闇の主の名だった。

（グラチウス…）

4

《よお、兄弟》

頭の中に声が響いてきたのは、闇の司祭の名を唱えたのとほぼ同時だった。

御者は憮然とした面持ちになる。

《とんでもないのに追いかけられているな》

ぼとぼと何やら白いものが馬車の屋根に落ちてきた。空ゆく鳥が大量に糞をしたかのような、白くてどろどろしたものから、人の頭や肩や腕が盛り上ってきて、すみやかに人の形をなした。

数瞬のちには裸の若い男が御者の隣で足をぶらぶらさせていた。

御者は依然として手綱をにぎったままこわい顔でいる。

《怒ってるのか、現れるのが遅すぎるって？　これでもずいぶん急いだんだぜ。ケイロニアはベルデランドのど田舎からだ。途中お師匠さまから心話が届けられた。竜の親玉との交渉は決裂したそうだ。竜王は思いがけない勢力と手を結んでいて、クリスタルか

らなかなか脱出できないと――じじいめ、罠にはまってしまったらしく、雑音だらけの心話だった》
ひょいと裸の肩をすくめる。目の前を黒い蝶がよぎったのだ。
《強《したた》かなじいさまのことだ、竜王の結界とても脱出できぬものではなかろう》
その目は蝶を追いつづけている。
《とかげ犬をけしかけてきたのは竜王なのか、それとも――》
つぶやくなり、紅いくちびるからヘビのような舌を吐き、目の前の蝶を一瞬で舐めとった。
《……むぐ。おお、そろそろやつら馬を食い尽くすころだぞ》
「――ユリウス」
はじめて御者が言葉を発した。
《うれしいね、名指しで助けをもとめられると。それもだいじなお姫様のためなんだろうけど》
くすくす笑って云う。
《この先に墓所がある――といっても、内乱のとばっちりを食らって農民たちが皆殺しになった場所だ。国王軍は畑にてきとうな穴を掘り死骸を放り込んで土をかぶせたのさ》

淫魔の云うとおり、サラミスにもちかいこの地域には、主戦場のダーナムほどでないにしろ、パロ内乱でのむざんな爪痕がのこされている。

《そこまで四分の三モータッドというところだ》

「……無理だ」

御者はぼそりとつぶやく。暗い目が向けられているのは、全身汗みずくになって馬車を引く馬だ。

「馬を休ませ——戦う」

御者は脇に置いた大剣に手をかけて云う。

《それこそ無理だね。並の剣では歯がたつまい。やつらは毛皮の代わりに鎧をまとっているんだぜ》

淫魔は、剣を握るたくましい手に手指をからめて云った。

《お前さんには借りがある。魔剣の盾になってくれた借りがな》

その淫魔の指が変形する。細く長く伸びてゆき御者の手の中で手綱に変わった。その手綱からつながっているのは白く長い馬の首だ。

まるで手妻のようだった。純白のたくましい牡馬がもう一頭と並んで馬車を引いている。さいぜん切断された引き具も元の通りに修復されていた。

白馬の目はルビーの色をしている。

《行こうぜ、パリス》

御者はごくわずかに頬をゆるめた。

身を伏せ座席のクッションにしがみつき、ひたすら恐怖から逃れようとしていたシルヴィアだが、吠え声がとおざかり血の臭いが薄れてきたのに気付いて、外をのぞいてみると思いがけない速度でけしきが飛びさってゆく。

（なによもうっ、わけがわからない。やっぱりあたしは死んでいて、死後の夢だからつじつまがあわないというの？）

そんな寝ぼけたことを考えるうち、またぞっとしない吠え声がきこえてきた。

「やっぱり干し肉なんかじゃだめなのよ！」

ついさいぜんの誓いを早くも反古《ほご》にしている。シルヴィアは馬を生き餌にしたことも関知していない。

そして――

がたんと馬車が大きく揺れた。

「なによ、なんなのー!?」

シルヴィアが叫ぶのも無理はない。ライウスも外を見てあんぐり口をあけた。

馬車は赤い街道を外れて、石ころだらけの荒れ野を走り出したのだ。

「御者が狂った!」

ライウスが叫んだ。

馬車は盛大に車体と乗客とを揺すぶって荒れ野を走りつづける。

すこしずつ石ころは減って土質がやわらかくなり、馬車それじたいの重みで車輪が土にめりこみだす。それもそのはずかつてはガティの麦穂が実っていた土地なのだ。

とかげ犬《クルーラ・バウ》のほうは、四つ足を地面にめり込ませながらも苦にしたようすはない。馬車との距離は着実に縮められてゆく。群の数はゆうに二十頭を超えていた。でこぼこした土の上を青黒い波となって――ドライドンに御される海馬のように迫ってくる。

やっとどうにか走っている馬車の後尾と、先頭の鼻面との間はもうほとんどない。

《ここらでよかろう》

白馬に化身したユリウスがつぶやいた。

馬は歯をむきだし、地面にむかって何かを発した。馬の鳴き声とも思われぬ、こもった低い響き――波動が発された。音の波は、空気を伝わり、まばらな草を揺らし、土の表面をあやしく波打たせた。

そこで――

犬どもの疾駆が止まった。

――食い止められた。あらかじめ土の中に置きしかれていた罠にかかったようだ。後ろ足、前肢、あるいはその両方を何かにがっちりつかみ止められ、どんなに四肢に力を入れようともその場から一タルも動かせない。

うろこを生やした足をつかんでいるのは、土中から伸びてきた白っぽいものだった。

何十本、何百本あるかしれなかった。奇妙な白っぽい触手か、作物のように見えるそれが、畑に走り入ったすべての犬の足をつかみ止めていた。

獲物を目前にして全頭が罠にかかっていた。犬たちは罠を振りほどこうと猛烈に暴れまくる。残った足で必死に土を掻き、噛み付き噛み砕こうとする。しかし無駄だった。

白っぽくいくつにも枝分かれした罠の正体は人の手だった。生者のものではない。地中にあって目なしトルクや長虫に食いつくされた果ての、腐肉すら残っていない骸骨のものだった。

犬の足をつかんだまま、土中から手の持ち主たちが立ち上がってきた。手首から先――肘や二の腕にもほとんど肉は残っていなかった。衣服はぼろぼろ、頭髪はほとんど抜け落ち頭骨に張りついているものすさまじさ。眼窩に異様な真紅の光を灯している。黒魔道によってゾルダの坂から呼びかえされ、いのちに似せた活力をあたえられた傀儡《くぐつ》たちだ。

犬たちは吊り下げられながら、唸りをあげて反撃をこころみるが、骨だけになった体はどんなに牙や爪を向けられても意に介さない。

犬たちの追尾を逃れ、馬車は大きく孤を描きながら元の道に戻ろうとしていた。

馬車が畑から抜け出すと、淫魔が化けた馬は云った。

《あの罠にはしかけがある》

そのとき屍者たちの胸が倍以上も膨れ上がった。馬車の窓から見ていたライウスがおぞましげに顔をゆがめる。

胸が骨から変形したのだった。肋骨が中心からぱっくり左右に割れ、その尖端がするどく長く伸びてきて鎧のような鱗を貫いた。ぎゃんと悲愴な鳴き声が響いて、青緑の体液が畑に撒き散らされた。

屍者の肋骨はある種の拷問具をすら思わせた。

犬たちの鳴き声が断末魔の喘鳴《ぜんめい》に変わっていった。

最後の一匹の痙攣がやむと、グラチウスの弟子は、ふたたび畑に向かって怪音波を発した。

《ドールの民よ、いっとき骨を休ませるがいい》

妖気の絃を抜き取られた屍者の目から光は失せ、犬の骸を抱きこんだ姿のまま、もとからの住処に戻ってゆく。耕やす者なきガティ畑に青黒いしみだけが残された。

《とかげの肉やら臓物が畑のこやしになるかどうかはうけあえないがな。――上手くいったろ？　兄弟》

白馬はくちびるをめくり上げた。

《少々あっけない気もするが。キタイのやつらもまだ本調子ではないのか？　あるいは都で何か重大事が勃発したか》

農道とおぼしき道を馬車は走りだしていた。

馬車の中から声がする。

「……ライウス、助かったの？」

もうろうとした問いかけは、少しずつだが本来の調子――命令調をとりもどしてゆくようだ。

「ねえ、さっきのあれは何だったの？　何なのか、お前には説明できる？」

（……シルヴィアさま）

御者のひっこんだまなこに、人がましい光が浮かんでいた。和んだ光を揶揄するかのように、馬に化けた淫魔は歯を剥き出した。

《今の騒ぎに卒倒もせず、どうしてなかなか元気そうだな。どれまた、ちょろっとおつむをいじくって、おとなしくさせようか？》

「……やめろ」

《へえ、皇女のおつむをいじらせたくないのか？　おつむの線をつなぎ変えお前さんを最愛の情夫と思いこますことも――それこそパロ聖王家をも凋落できそうな、大悪女に

作りかえてやることもできる。そうすりゃお師匠さまの筋書きもすんなり運んで手間もはぶけるというものだろう？》

「よせ」

御者の声が怒気をおびる。

《わかった、わかった。口でいってるだけさ、怒るなよ。どのみちお師匠のひいた図面にオレなんかが手をくわえたらこっぴどい折檻をうける。だが、それにしてもお師匠さまは大丈夫かな？　いや、じじいのことだ、以前にも竜の大将の罠から抜けだした。今度もなんとかするだろう。たいへんなのはこっちも同じだ。旅ははじまったばかりで、調教のしがいのあるお姫さまを抱えている。面倒な、何かと世話がかかる性格だ……。もっともお前さんはそこが気に入ってるらしいな？》

御者は答えないでいる。

街道にもどりついた馬車が、レンガの道を進みだし、しばらくしてまた淫魔の声が響いてきた。

《この先またどんな化け物をけしかけてくるか知れん。しかもカレニアを南下すればガブールの大森林。物騒きわまりない土地が待っているとくる》

御者の目は路傍の道標に注がれた。すり減って読みづらいが石の表面には、この先の主だった土地への距離が刻まれている。

（――カラヴィア）

御者の心を読んで淫魔は真紅の目を輝かせる。

《ふむ？　傀儡のくせして勘がはたらくな。もっともお師匠さまがただの傀儡に〈売国妃〉の身を守らせるはずもないか。それなりに調整をしているか……。オレもその特別製の体は気に入ってる――雌鳥よりはるかに好物だ》

白馬は舌なめずりをしてみせたが、それは当人がそう見せたがるほど妖美なものではなかった。

＊　＊　＊

鼻腔に感じる香りはユーフェミアの花のものだった。

アキレウス・ケイロニウス大帝は、黒曜宮の殯の宮に据えられた柩に眠っている。高貴な骸《むくろ》はていねいに清拭《せいしき》されてのち、清浄なローリアの柩のうちに横たえられ、ほの白く幽雅な花の香りにつつまれていた。死出の旅に際してはケイロニア六十四代皇帝にふさわしい豪奢な衣装に改められている。

祭壇に供えられた何百ものロウソクの灯りに、漆黒のドレス姿を照らされ、タヴィアは父帝の柩の前にぬかずいて――一ザン近くも過ごしていた。

（こうしていると人のすべての営み、そのざわめきが遠く退いてゆくよう……。お父さまがいらっしゃる黄泉《よみ》の世界の静けさがつたわってくるのかしら？）

ことさらそう思うのも、生者のさまざまな思惑にかもし出されるものを雑音と感じているからかもしれない。

臨終のアキレウス大帝の言葉を伝える――後継者会議で正式な遺言として発表するためだった。それが、まさかの、彼女が思ってもいなかった解釈をあてはめられたのだ。

「臨終で大帝陛下が仰せになった言霊《イリスの涙》とは、長女のオクタヴィア殿下に冠を託すという意味である」

フリルギア侯の解釈を聞かされたとき、とっさに強く否定できなかった。それもまた強い信念と、万世一系という皇帝家の伝統にそった発言だったから……。

先の十二選帝侯会議において、皇位継承権を正式に認められているのは、幼いマリニアと亡き父の長女である自分のみ。この事実はわきまえている。

しかし、これまで――

宰相ハゾスの唱える「ケイロニア新皇帝グイン」という構想こそ、マリニアを女帝の重責から解きはなち、巨大なケイロニアを安定させる最良の道だと考えていたのだ。

そのグイン王を皇帝に就けることに懸念をしめす者が選帝侯にもいるのだという。

（だからといって、この私が……）

あまりにも突然だった。胆の座った彼女が不覚にもその場では何も考えられなくなった。しかし惑乱におちいっている場合ではなかった。冷静に他者の意見にかきみだされず――心を澄ませ自分の考えをまとめなければならない、と思った。皇帝家のため、幼いマリニアのため。

（ケイロニアは建国以来なかった《大空位》を迎えている。アキレウス大帝陛下という巨星を獅子の宮からうしなったままでは、国土に災いが及ぶことさえありうる……）

古代からの怨霊の声におびやかされるのではなかった。近来の国どうしの諍いと興亡を顧みておもうのだった。

母の国ユラニアは大公家の家族が皆殺しにあい潰え去ったのだ。――あれほど歴史のある大国が。クムもまた、マライア元皇后の腹違いの弟であるタリオ大公が討たれ、いっときは存亡の危機におちいった。

（そして、モンゴール！）

〈煙とパイプ亭〉に身を寄せていた彼女はまざまざと知ることになった。いっときはパロを支配下に置いた強国がヴラド大公をうしなって惨めに亡国となり果てるざま。娘のアムネリスが大公に就いたが、僭主イシュトヴァーンの傀儡政策のうちであったとしか思われぬ。名ばかりの女大公は幽閉のうちに自害している。

（一代の梟雄《きょうゆう》に築かれたモンゴールとケイロニアはちがう。選帝侯たちならそう云うかもしれない。でも国の頂点に座る者がいない――という点はおなじ。それを不吉とする

のはもっともなことだわ）

タヴィアはめったにしないことだが親指の爪を噛んだ。

（でも、だからと云って……私につとまるとは思えない。この巨きな――尚武の国を女の身で治めるなんてとうてい……無理だわ）

広大な領土、十二のそれぞれ主義主張を異にする領主たち、大ケイロニアを安泰にまとめるのは男子後継者でも容易ではない。まして自分は妾腹であり、摂政となるべき夫とは離別している。それに選帝侯全員に承認されているわけではない。

（そうよ。だから、グインこそが――）

ケイロニア王グインこそ、施政者として武人としての才に秀で――帝王の器をそなえた人物なのだ。このケイロニアでグインの上に立って采配する人物など考えられない。女の身を卑下するのではなくルアーが東から上るのに等しい道理ではないだろうか？

これまで後継者決めでとった姿勢や、ハゾスに書き送った「グイン信任」の密書に迷いはなかった。ケイロニアの誰よりも「皇帝の職務にふさわしい人物」と信じていたのだ。

（お父さま……）

最愛の女の名と同じ、甘い佳い香りのする花房に抱かれるように眠る父に、もう一度起き上がって皇帝指名をやりなおしてほしいと願わずにいられなかった。

そのとき――

大喪のため特別に設けられた広間の、入り口に垂らされた黒絹をはぐって来た者があった。黒にちかい深い紫の長いマントに巨軀をすっぽりつつみ、黄色い地に黒い豹紋の頭部に略式の宝冠を載せている。

「グイン陛下——！」

タヴィアは広間の静寂を破っていた。

「オクタヴィア殿下」

ひくい声音はくぐもっていた。トパーズ色の目と目があい、タヴィアは俄《にわか》に気恥ずかしさをおぼえた。

豹頭王は無言で祭壇に歩みより、タヴィアの隣にくると大帝の柩に深く頭を下げ黙禱を捧げた。グインの静謐なたたずまいは殯の宮の空気に溶けこんでいた。

豹頭の義子もまた静寂の対話を交わしに来たのだ、とタヴィアは悟った。

「失礼しました。お父さまがお寝みなのに大きな声を出してしまって……」

「——殿下のお悩みは察する」

「会議のあとグイン陛下にお会いしようと、小姓に取り次ぎを頼んだんですけど、先約があると云われてあきらめました」

「ハゾスとフリルギア侯とから、大帝陛下の遺言について、別々の解釈を聞かされていた」

「まあ……」

としかタヴィアは云えなかった。

「お父さまのお前で申し上げてよいかしら?」

「聞こう」

「私の解釈は、おそらく——ハゾス宰相とおなじです。お父さまはご崩御の際、ケイロニア王グイン陛下を次期皇帝に指名されたと考えています」

「——オクタヴィア殿下、俺にとって大帝陛下は崇敬する主君であり、シルヴィア皇女殿下という絆でむすばれた義父だ。この絆は得がたく尊きもの——だが、ケイロニア帝国が刻む歴史と伝統から見れば俺は外様《とざま》なのだ。大帝陛下から受けた恩は、まことの父の情とはかようのものかと思うほど深くありがたいものだった。この身と心にしかと刻まれ薄れはしない。俺はまことの父を喪ったと思っている」

グインは深くうなだれた。タヴィアは豹頭からきわめて厳粛なものを感じとった。

「父との絆をまことのものと認めてくれて、さぞ父は喜んでいることでしょう。ありがとうございます、グイン陛下」

「まことのことをありのまま云った、礼をいわれるまでもない。しかし、人が心のままものを云い行動していては、政事はうまくまわらぬことがある。しきたりがからむとなおさらだ。大帝陛下は崩御され、その尊いお心は黄泉の闇のなかにある。だが陛下の血は、オクタヴィア殿下に、マリニア殿下のうちにひきつがれている。それこそ消しがたい皇帝家の真実ではないだろうか」

「それは——あなたも私に皇帝になれと云っているの？」

しらずオクタヴィアの声はふるえを帯びた。

「私は妾腹だわ。それに——選帝侯会議が皇位継承権を認めたといっても、それは次善ということで最善の——最高の継承者でないことぐらい察しがついているわ」

グインに向かって、タヴィアは胸のうちを吐き出した。

「後継者会議は不完全なもの。十二選帝侯全員が出席していない。私を次期皇帝に推しているのはフリルギア侯、それに大帝陛下のお側に仕えた何人か……おそらく反対者もあとからたくさん現れることでしょうよ」

「オクタヴィア殿下におかれては、即位を反対されること、ケイロニア統治をまかされぬと誹謗をうけることを怖がっておられるのか？」

しずかに問われ、タヴィアはすこし考えてから答えた。

「……そうではないわ。政事向きがどれだけむずかしいか解るし、選帝侯や貴族の上に立つことが神経をつかうかもわかっているけれど、怖いというのとはちがう。政事の争いやかけひきは——サイロンの闇にひそんでいた刺客とどこか似て感じる。その敵と一合も剣を交えぬうちに怖いからといって逃げようとは思わないわ」

「あなたは勇敢な女性だ、あいかわらず」

「でも刺客を切り伏せるのとはわけがちがう、ということもわかっている。この巨大な国の舵を取り人々をまとめてゆくのよ。お父さまの娘である――それだけで選帝侯から同じだけの忠誠や信頼を得られると思うほどお気楽な性分ではないつもりよ」

「怖くはない、だが自信がない――ということか？」

「それはあくまでもグインあなたが皇帝に就かなかった場合のこと。あくまで仮定として話させてくださる？　お父さまがお亡くなりになってから、私は叔父のこと――ダリウス大公のことを思い出すようになったの。憎んでも憎み足りない大悪人のことを……」

タヴィアはくっとくちびるを噛む。

「ダリウスはお父さまからお母さまを奪い去った。でも何を盗みとっても、第六十四代の皇帝の座にとって代わることなど出来はしなかった。十二選帝侯は誰ひとり従わず、中原諸国からもケイロニアの支配者として認められることはなかったでしょう。それがアキレウス・ケイロニウスと皇弟ダリウス・ケイロニウスの差よ。生まれながらのちがい。どんなにダリウスが羨んで妬んで、皇帝の座をほしがって思いつめてもはじめから無駄なことだったのよ。お父さまは幼少期よりケイロニア皇帝としての帝王学を学んでらっしゃったのだから」

（血ではない、むしろ――）

グィンとだけではなく、亡き父帝と自分のちがいをタヴィアは考えつづけていたのだ。

「国が安泰に存続することをお父さまはいつも第一にお考えになっていたわ。支配欲に酔いしれて奴隷や小姓を打擲《ちょうちゃく》しては悦に入る、なんて見たことも聞いたこともないわ。お父さまは本当に立派な皇帝でいらしたわ。――私はちがう。私の願いはマリニアのことばかり。マリニアが政事の道具にされ不幸な目にあわないように、新年にはサリア神殿でそれしか祈らなかったわ。私は帝王の器ではない」

「オクタヴィア殿下、大帝陛下と皇弟殿下の違いをお一人で考えられ、気付かれたか？」

「そ、そうだけど……」

グィンがかるく腰を折り礼を示したのでタヴィアは驚かされた。

そうして豹頭を上げ、

「あなたのうちには帝王の素質がある」

グィンの声の響きは深かった、啓示であるかのように。

彼女はトパーズ色の目を前にして、衝動的に叫んだ。

「そんなはずないわ！」

「教養や思考の様式――ではなく心の性質だ。アキレウス・ケイロニウス帝を帝王たらしめた精神をもっておられる。いつの時か大帝陛下は俺におっしゃられた。ケイロニアの多くの子を憂いと悲しみから遠ざける、それが皇帝家に生まれた者の大事なつとめであると。あなたのマリニア姫を思いやる慈愛の心こそ亡き大帝より托された最も尊い志ではないか？」

「グイン……」

トパーズ色の目におためごかしの光など見つけようもない。

「オクタヴィア殿下、あなたの魂は、姉妹でありながら、かくもシルヴィア殿下とは異なる。このケイロニア——獅子の星座の下にありて」

「シルヴィアを女帝に就かせることは、どうあっても無理だったと思うわ。グイン——あなたという最高の摂政が付いていてさえ。あなたには今ヴァルーサ殿がいるし、かわいい王子と王女もいる。お父さまがその手で孫を抱けなかったのは私もとても残念だった……」

彼女があえてそう云ったのは、グインと異母妹の不幸な関係に終止符が打たれたと思っていたからだ。

「アルリウス」

とグインは噛み締めるように云って、ふたたび深く黙礼をする。

「よい響きだ」

「リアーヌの名の響きも美しいわ。どのような意味がこめられているのかしら？」

「モンゴールのかなた――ノスフェラスの地の民は、俺を《リアード》と呼ぶ。豹という意味だ。リアーヌの名はこのリアードからとっている」

「まあ……」

タヴィアは目を大きくした。

そのまま二人はしばらくの間並んで佇んでいた。

タヴィアはふしぎなほど心が据わって、さいぜんまでの悩みや惑いがうそのように薄れていることに気付いた。

（グイン、あなたのおかげだわ）

ほんの少し前まで思いつめていた問題が、ずいぶん軽くなっていることに気付く。

（――でも、もう少しだけ時間がほしい）

かたわらの、たくましい、みごとな男をちらりと見やって思う。

（なぜ血は水より濃いのかしら？　ケイロニアのためという、お父さまのご遺志をもってしても、しきたりや伝統やらを打ち破り、固い石頭を変えてはやれないものかしら？）

タヴィア――オクタヴィア・ケイロニアスは心から願わずにいられなかった。

第四話　イリスの炎（二）

1

ハゾス・アンタイオスは、大喪の典礼に忙殺されていた。

アキレウス大帝の葬儀を万端ととのえる――ケイロニア宰相にとって、これほど心配りをもとめられる務めもなかった。あらゆる葬祭にまつわる采配が、生前の大帝への崇敬の度合いとなろうし、十二選帝侯はもちろん中原各国の元首に「巨星墜ちようとも大ケイロニア揺らがず」を示す、最初で最高の国際的な舞台ともなる。

大喪の典礼とは、殯の宮の建設にはじまり、埋葬の地の決定から、供物や花などのこまやかな手配にまで至る。とりまとめ役の気苦労は生半なものではない。

大公国時代から続く伝統の儀式である。葬儀の手順はそれなりにややこしく、儀礼の品々を揃えたり吟味するため専門の係がいるほどだ。つつがなくしきたりに添って儀式を進行させるために、すでに引退した老臣を何人か呼び寄せ、相談に乗ってもらいもした。ハゾスの功労によってケイロニア大帝にふさわしい典礼の準備は整えられていた。

それでも――

ハゾスの表情が晴れないでいるのは「アキレウス大帝の遺言」のせいである。オクタヴィアから遺言を聞かされたとき、大帝は息女に「グイン王にケイロニアを継がせよ」と云い遺したのだとハゾスは解釈した。他に解釈があることさえ考えに容れていなかった。

《ケイロンの剣》と《イリスの涙》、亡き大帝陛下のこの言霊は絶対のものだ。ケイロンの剣をケイロニアの武の象徴とし、最高元帥たるグイン陛下に委ねる――とは、以前からの大帝陛下のご意向の通りだ。もしここに《変革》の意を読み取るならば、ケイロニア皇帝の継承を血筋でなくする――義理の息子のグイン陛下に皇帝の位を授ける、が妥当であるはずだ。オクタヴィア殿下をケイロニア初の女帝に指名したという解釈は間違っている)

だが、フリルギア侯にしてもリンド長官にしても、ハゾスの反論を聞き入れる余地もないほど自説に固執して見えた。まっこうから反論したら諍いをまねく怖れも感じたため、あえてハゾスはその場では言葉をつつしみ、誰もが認める黒曜宮の有識者に反証を唱えるために――もうひとつの言霊《イリスの涙》について、秘書官のマックスに宮廷に所蔵される古文書をことこまかく調べさせることにした。

アキレウス大帝の霊にオクタヴィアとグィンが祈るのと時を同じくして、文官どうしは解釈をめぐって深くしずかに刃を戦わせていたのだ。

そこで執務室の扉を叩く者があった。

聞こえてきた声は若かったが、暗くしずんでいた。

「アトキア侯、どうなされた？」

「亡くなったダナエ侯について、少々かんばしくない……いえ、気にかかる話を妹から聞かされまして、ハゾス宰相の耳にお入れしたほうがよいと思ったものですから」

ダナエ選帝侯ライオスはササイドン会議のさなかに毒殺されている。アトキア侯マローンは、妹のサルビア姫がダナエ侯に嫁していたこともあり、選帝侯の暗殺事件を追及し続けていた。ハゾスもよく知るところであった。

「下手人について、何かめぼしいことが？」

「残念ながらそちらは皆目。このたびサルビアから聞かされたのは、亡くなった方の身の下の行状というか……」マローンは青い顔を赤くした。「醜行としか思えません。わが妹に対する裏切りであり、兄として深い憤りを禁じ得ないのです」

「マローン殿がそうまで云われるのは、よほどのことだろう？　聞かせてくれるか」

「はい。ことのはじめは妹からの手紙でした。突然の悲劇によって新婦から寡婦となり、泣き暮らしていた妹に、ダナエ侯の従兄弟が『ライオス殿には結婚する前に深く愛し合

って いた高貴な姫君がいた。その姫君はライオスとの間に男児を産んでおり、すでに一歳半を越えているらしい』と告げたそうなのです。もし事実ならじつにゆゆしいことではありませんか」

マローンはくちびるを嚙みしめている。ハゾスはマローンとアトキア侯の妹姫に深く同情しつつも、内心では（さもありなん。猟色のかぎりを尽くしてきた御仁だ）と考えた。

「妹君のお悲しみに追い打ちをかける誹謗であるな」

「ハゾス宰相、妹の誇りをおもんぱかって下さって、ありがとうございます。なれど……生前のダナエ侯の行状をおもうと、その伯爵のいうことが真実に思われてならないのです」マローンは苦しげに云った。

男女間の倫理に潔癖なマローンを、ハゾスは鏡を見るようだと思い心痛めながら、十二選帝侯としては聞き捨てならぬとも思う。現在のケイロニアは獅子の玉座が大空位であるだけではない。ダナエ選帝侯もまた嫡子をもたなかった。弟もいなかったため、早急にしかるべき後継者を決めねばならない。

「アトキア侯、——確認させてもらうが、妹君にご懐妊の兆候はないのか？」

「その点は私も気にかけておりましたが、サルビア本人が否定しておりますから。そしてこの醜聞がほんとうなら、もはやダナエ侯家とは縁を切って、アトキアの郊外にあるゼア神殿にひきこもって一生を終えるつもりだ、と書いてきています。計り知れないほど深く傷ついています」

ダナエ侯の側にしたら跡目をめぐる大問題でも、箱入り娘のサルビア姫にすれば触れるのもいまわしい醜聞であろう。

「しかしダナエ侯の婚外子とは、十二選帝侯として軽視できぬ問題だ。真相を探らねばならぬ。まずその、ダナエ侯が情を交わしていたという姫君だ。独身でありながら庶子を産み育てるのはそうとうに難儀であったろうがな」

「それが……」マローンはさらに苦々しげな顔をする。

「名と身分までは明らかにされていませんが、相手は人妻なのだそうです……」

「なんと！」

ハゾスは絶句した。正式な夫がいる身で別の男の子を産んだ女とは！　潔癖なハゾス・アンタイオスからしたら、夫婦の間における最悪の裏切りであり罪である。

「なんというケイロニアにあるまじき不祥事だ。だがそれではその落とし胤《だね》は誰の子とも知れぬということではないか？　くだんの女人の正式な夫の子か、間男のふるまいをしたライオスの子なのか――ヤーンにしか真実がわからぬ」

「それが……どうやら……夫が異国に旅をしていた間に出来た子であるとかないとか……」ハゾスの剣幕に押されてかマローンはもごもご云う。

「なんと嘆かわしい。ケイロニアの選帝侯が、夫の留守をよいことにして……」

ハゾスは絹のハンケチで口もとを覆った。寝取るなど口にするのも呪わしかったのである。

「この件は私からダナエ侯の遺族に真偽を確かめることにする。しかし遺族としても不倫の関係から生まれた子を正嫡とは認められぬだろうし、まず旅行から帰って顛末を知った夫なる人がどのような采配をするのか？……」

ハゾスの頭にこのときよぎったのは「ガリレウスの悲劇」だった。勇猛な将軍のガリレウスは戦場に赴いている間に、妻が不貞をはたらいていたのではないかと疑い、疑心がこうじてとうとう妻に手をかけてしまう。亡くなる前にダナエ侯が、その悲劇の女性《にょしょう》の名を口にしたことを思い出していた。

（ライオスは、シルヴィアさまをその悲劇の女性に、グイン陛下をガリレウス将軍になぞらえた……）

ハゾスは背筋にうすら寒いものをおぼえた。そのいとわしい感覚をもてあましているうちに、執務室の扉が叩かれた。

今度はマックスだった。有能な秘書官は一礼して入室するとハゾスに羊皮紙を巻いたものを渡した。目を通してハゾスは（……やはり）とつぶやきを洩らす。

さらにマックスから、

「閣下のご指示通り、パーシファル公からも伺ってまいりました。《イリスの涙》の逸話を聞いたことはないそうです」

パーシファル公爵はケイロニウス皇帝家の遠縁の貴族である。八十も半ばという高齢者ゆえ公務からは退いているが、前皇帝の葬祭をとりおこなった経験から、相談役としてハゾスが招いた人物だった。矍鑠《かくしゃく》とした老人で頭もはっきりしており、皇帝家の儀礼全般に博覧強記ぶりを発揮している。

マックスの報告を聞いてマローンが眉を上げる。

「それではパーシファル公の記憶と、フリルギア侯の解釈は食い違ってきてしまう。ことによると――」

そこでマローンは言葉をにごし、ハゾスは灰色の目を鋭く光らせて云う。

「有識者の筆頭であっても覚えちがい――思い込みから誤った発言をしない、とはかぎらない。いずれにせよ、重い命題については多方面から論証をする必要がある、とはアレクサンドロスの論説にもある」

小姓に導かれフリルギア侯が執務室に現われたのは、それから四分の一ザンもしないうちだった。

「ランゴバルド侯、今度は何用であるかな？」

「お呼びしたのは他でもない、大帝陛下の言霊――ご遺言について、貴侯のなされた解釈には再考の余地があるのではないかと考えたのだ」

「私の解釈に異論があるということなのか？」

学者めいた容貌のフリルギアは鋭いまなざしをハゾスに送る。

「ダイモス、貴侯の解釈では――宝冠に嵌め込まれた『イリスの涙』には変革の意味がこめられている、ゆえに大帝陛下が云い遺されようとしたのは、男子継承の皇帝家の伝統を大きく変える、オクタヴィア殿下の女帝指名に間違いないということだったが」

ハゾスも負けず劣らず鋭い光を青灰色の目に灯して云う。

「ケイロニア皇帝家の儀式大全にも、関連の古文書のどこにもそのことは記されてはいなかった。先のアトレウス皇帝陛下に近侍し、三十年にもわたり宮内庁長官をつとめられたパーシファル公も『わしはその云い伝えをはじめて聞いた』と仰られている。貴侯はいかなる書物をもって典拠としたか、ここでお聞かせ願いたい」

突き詰めるようなハゾスの問いかけにも、フリルギア侯は眉ひとつ動かさず無言を守っている。

（ダイモスめ、有識者の威光を利用して、おのれの意を押し通す腹づもりだな）

ハゾスはケイロン純血主義者を見据え、重ねて、

「私の納得できる、返答をお聞かせ願いたい」

それでもフリルギア侯は答えない。頑固一徹度し難い態度にハゾスは苛立たされる。

「答えぬとは、では――お主のあれは創作だと認めるのだな」

「創作とはどういうことだ？」

「貴侯のつくり話――大帝陛下の言霊に偽りの解釈をあてはめたのではないかと疑っているのだ」

ハゾスは強い語調になった。

「偽りとは聞き捨てならぬ。ケイロニア宰相であろうと、その言葉は誹謗としか聞こえぬぞ。ハゾス・アンタイオス！」

皇帝継承者について相反した思いを抱く大貴族同士である。

にわかに執務室に流れだした険悪な空気を読んで若いマローンが云う。

「お二方とも、ご遺言の公表を前にして、仲違いされている場合ではありません」

「アトキア侯、たとえ剣に訴えようとも、ケイロンの男には譲れぬものがあるのだ」

フリルギア侯が腰に回した剣帯に手をかけるしぐさをしてみせたので、マローンは慌てふためいた。

「な、なりません！　ここは聖なる黒曜宮のうち、しかも大喪の典礼の最中なんですよ。お気持ちをしずめて――」

マローンはハゾスの盾になるように体をひらき、

「フリルギア侯、剣に訴えるなど……時と場所をお考えになって下さい！」

黒曜宮内での刃傷沙汰は、いかなる理由からも、きびしく禁じられているのだ。しかもハゾスも、マローンも、ハゾスの忠実な部下であるマックスも丸腰なのである。

執務室の扉がひらかれたのはまさにその時――

黒色と紫のマントが突風をはらんで舞い込んだかのようだった。

「グイン陛下――！」

扉を向いていたハゾスとマローンはほぼ同時に叫んでいた。

逆上しかけ顔を赤くしていたフリルギア侯は、喪装に身をつつむケイロニア王をふりかえるとみるみるまに蒼白となる。

頭から冷水を浴びせかけられたのはハゾスも同じだった。

グインの巨軀からはなたれるオーラには、あたりを払いきよめ、場の乱れを調整し、人々の精神をしずめる効果さえある。

（これで、安心だ……）

マローンは気が抜けたようにつぶやいた。

「ハゾス、ダイモス、かなり熱が入っていたように聞こえたが」

グインはやんわり云った。

フリルギア侯は渋面《じゅうめん》で答えた。

「アトキア侯の早合点です。ルアーが地の底から現われようとも、殿中にて抜剣するような無作法をこの私がしでかすはずがない。だいいち登城用の護り刀ですし刃をたてていない殺傷力のない剣であることを強調する。

マローンは羞恥をおぼえて鼻の頭を赤くした。

ハゾスが云った。

「陛下、《イリスの涙》についての解釈が割れております。今は亡き大帝陛下のお心を、現世に残された者が正しく解釈できぬという……しごく残念な事態をむかえています」

「残念とはどういう意味だ？」

フリルギア侯は額を赤らめていた。

「お二方ともさいぜんからこの調子なのです」

グインに中立の立場を表明しようとするマローンを、ハゾスは軽くにらんでから云った。

「ここでお聞きしたい。グイン陛下は、大帝陛下のご遺言について、どのような解釈をあてはめておられるのです？」

「解釈とは？」

グインはあらためて問うた。

「大帝から、イリスの涙に象徴されるケイロニアの統治権を移譲されたのは、ご自身だと受け止めておられないのですか？」

「俺に解釈する資格はない」

「なぜですか？」と訊いたのはマローンだ。

グインは答えた。

「俺は外様だ。皇帝家と俺を繋ぐものはシルヴィア皇女殿下おひとりだった。だがシルヴィア殿下とは不幸な行き違いから居を別《わ》けてしまった。その間の事件により殿下は行方しれず、今もわずかな手がかりから捜索をしている。もし——殿下がまたキタイまでも拉致された事実が判明したなら、剣を捧げた主君の娘子を救いだしにゆく。それができぬ限り大帝陛下の御霊に向き合う資格はないと思っている」

「おそれながら、シルヴィア殿下は生死不明のまま、廃嫡とあいなられました……」

「ケイロニア女帝の資格をなくされても、アキレウス大帝の息女であられ、ケイロニア王妃であられた事実は消え去らぬ」

「それは——生きておられるのかも解らないシルヴィア殿下のために、獅子の玉座を受け継ぐことはできない、とのことでしょうか？」

グインはハゾスのこの問いには答えなかった。

ハゾスはわずかにうなだれた豹の横顔にすがるような視線を注いだ。

「もし万にひとつ——闇が丘の事件が何者かがしくんだ拉致誘拐だとして、捜索隊を率いるのはケイロニア王ご自身でなく、十二神将の将軍がふさわしいかと存じます。陛下とシルヴィア殿下は離婚されたも同然、愛妾のヴァルーサ殿との間にかわいい王子と王女も儲けられている。陛下を外様だと思う者は黒曜宮にひとりも居はしません。ケイロニアの英雄は立派に皇帝家の血脈を引いておられます」

「アキレウス大帝陛下の血をひかれる方は、今やオクタヴィア殿下とマリニア殿下のみです」

云ったのはフリルギア侯だった。

「その通りだ」とグインは云った。

「グイン陛下もオクタヴィア殿下が皇位を継ぐべきだとお考えなのですか？」

マローンが訊く。

「ケイロニア第六十五代皇帝の選出を任されているのは十二選帝侯だ。ケイロニア王ではない」

「陛下はオクタヴィア殿下の本心をいかがお考えですか？　これまでオクタヴィア殿下はマリニア殿下の即位に対し懸念を寄せられていた。耳の不自由なご息女を女帝に就かせることに反対だと仰って——グイン陛下を第一継承者に推しておられたのです」

ハゾスはつづけて云った。

「かつて——シルヴィア殿下のお病気のため黒曜宮から去られた折り、グイン陛下にもしご意思がおありなら、オクタヴィア殿下と再婚されたら、皇帝家にすばらしい一組のご夫婦が誕生したであろうと考えたことがあります」

このハゾスの意見は唐突であるし、宰相として未練すぎる。この場において「フリルギア侯の創作」に対抗した負け惜しみのようにも響いた。

「ハゾス宰相！」

マローンは語調に非難をにじませている。

「たった今グイン陛下にはヴァルーサ殿がおられると仰ったばかりではありませんか」

「そうだ。まさにその通り。グイン陛下にはご愛妾とお子様たちがおられる。おふたりの仲をとりもつ考えは過去のものだ。——が、あながち実現不可能な夢想ではなかったと今思い至った。これもフリルギア侯の創作……いや解釈のおかげかもしれぬが。なぜまっ先に思いつかなかったか、ふしぎなほどだ、これまでの持論と大きく異にするものでもない」

ハゾスにはめずらしく芝居がかった所作で、おのれの左胸に手をあてて云った。

「大帝陛下の《ケイロンの剣、イリスの涙を、オクタヴィア——グイン》とは、どちらかを選ぶという意味ではなく、おふたりの共同統治を願って、遺言されたものである——」

おお、という声を洩らしたのは誰あろう、フリルギア侯その人であった。

ハゾスは云った。

「フリルギア侯、大帝陛下はケイロニアのためを考え、心身とも健やかな息女とケイロニアの英雄に未来を託されたのだ。これもひとえに大ケイロニアのため――」

ハゾスの語りはしかしケイロン主義者の舌鋒にさえぎられた。

「ありえん！　ランゴバルド侯ハゾス・アンタイオス、その解釈はありえぬぞ。ケイロニア帝国に共同統治の例はない。獅子の玉座に座る者はただひとりだ。至宝を嵌めこむ冠をふたつに割ることは凶事に他ならぬ。国に乱れをもたらすとして古来より禁忌とされておる」

ハゾスもその故事来歴は知っていたが、皇帝の権威をより絶対的にし、十二の小国の王であった選帝侯たちの忠誠と結束をゆらがさぬためと心得ていた。

「ダイモス、これまでオクタヴィア殿下は国政に携わったご経験がなく、施政の手腕は未知数。選帝侯と将軍の采配に不安は禁じ得ない。また女性の細腕にのしかかる内政外交幾多の試練を、グイン陛下ならばそのたくましい肩と強靭な精神をもって支えてくださるであろう。ケイロニアは諸外国に対し今まで通り――いや今以上の威を唱えることができよう」

ハゾスの声はびんとして響いた。このときフリルギア侯の渋面に気圧された表情がよぎった、たしかに。

そして——

ハゾスはグインを向き頭を垂れた。

「グイン陛下、オクタヴィア殿下——いえオクタヴィア陛下と共に、ケイロニアを統治してくださいませ」

「ハゾス宰相、そうだったのですね。たった今この場で私も理解いたしました！　グイン陛下とオクタヴィア殿下に統治されるケイロニア！　新しい時代の幕が明ける」

マローンの声は弾み、双眸は輝いている。

しかしグインは無言でいる。豹頭からは「是」も「否」も推し量ることはできなかった。ハゾスも、マローンも。

フリルギア侯も黙っていたが、ようよう口をひらいた。

「——ランゴバルド侯、アトキア侯。ケイロニア王とは一代かぎりの、特例的に認められた権威だ。グイン陛下の皇位継承権を十二選帝侯は未だ承認していない——その上あえて無理を通せば国の乱れの元にもなりかねぬ」

すかさずハゾスは云い返した。

「国の乱れは致命的な弱みを他国に気取られたときに起きる、と理解している。ユラニアしかり、ヴラド大公を失くしたモンゴールしかり、モンゴールは亡国同然になって久しい。大ケイロニアはそうはならぬ。英雄王グインを統治者にいただくことで、連合国家のゆるぎなき姿を中原諸国に表明するのだ」

「ハゾス――」

ついに豹頭の王は口をひらいた。

「俺がケイロニア皇帝の後継者になることはないだろう」

「なぜです」

ハゾスはうめくように問うた。

「グイン陛下はアキレウス大帝陛下の真の息子であらせられます。何度、そうお呼びになり、後継者になれ、とかき口説かれていたか。知らぬ者など宮廷におりません」

「大帝陛下からは身に余るご厚情をいただいた。だが――俺が真に願うことはひとつで、それは連合国家ケイロニアの首長になる、というものではない」

グインはおだやかに諭すように云った。

「それは、いったい……」

ハゾスは次の言葉を呑んだ。トパーズ色の目に翳りをみつけたのだ。それは深い傷を負った戦士の目だった。医師にも心療師にも癒しようのない、深い孤独であった……。

「俺はおのれが何者なのか解らない。生まれた土地は手がかりさえ見いだせぬ。ランドックとはいずこにあるのか？　俺はその国の王に剣を捧げていたのか？　あるいは王であったのだろうか？　何ひとつ思い出せぬまま、このケイロニアで主君と相見《あいまみ》え剣を捧げ、お主という親友を得て今日がある」

グインはわずかに表情をゆるめた。豹頭ゆえ解りづらいが微笑みだとハゾスには解った。

「……そうです。ケイロニアの無二の英雄であり最高の施政者であられる。そして――そしてまたかわいいお子たちの父君ではありませぬか？」

とっさに王子王女を出したのは、何かグインをつなぎ止めるもの――と考えたからだ。それほど豹頭から見せられた孤独の翳はケイロニア宰相の不安をかきたてた。

グインは云った。

「ランドックとはいずこにある？　おのれとは何者なのか？　どこに身を置いていても俺は問い続け、探しつづけねばならぬ運命なのだ」

2

黒曜宮の後宮である。

大喪の期間ゆえ女官たちは黒か薄墨色の衣に身をつつみ、紅をささずに仕えている。もとより豹頭王にはヴァルーサ以外愛する女はおらず、女たちが妍《けん》を競う場ではとうになくなっている。

アウロラはその一室を養生にと提供されていた。鎮痛剤のおかげで熱はおさまり、肋骨にもひびかなくなり、折れた左腕は吊っていたが、部屋を歩きまわれるまでに回復していた。

部屋係の若い女官に沐浴を頼むと、巨大な湯桶が運びこまれてきた。（体を拭うていどでよいのに）とは琺瑯《ほうろう》と金の豪奢な湯桶への感想である。レントの海に面した王女宮で小姓にかしずかれていた日々をどうかすると忘れがちだ。それほど出奔してから時が経っていた。

ひさしぶりの入浴は気持ちよかった。女官が短くした髪から耳のうしろまで洗ってくれる。隠しておきたい瑕瑾は骨折を固めている石膏の下である。

「まるであかがねをひそめた黄金ですこと」

濡れて艶を増したアウロラの美髪をくしけずり女官がためいきをついた。重傷のアウロラが運ばれて来たとき、この娘は男子禁制の後宮に美青年がやって来た！　と騒いだために女官頭に叱られていた。

「もっと伸ばして結い上げたらお似合いですわ」

「いや、このままがよい。マストに絡まることもない」

なかば冗談のつもりで云うと、女官は驚いたように、

「え？　マストとは……船の？」

「そうだ。船の帆を張る柱のことだ。……サイロンは陸のただ中だったな。わたしの生まれた国は海に囲まれているのだよ」

「沿海州のお生まれでしたわね。あたくし今まで一度も海を見たことありませんの」

アウロラは娘の顔をじっと見つめたが、考えていたのは別の娘のことだった。

（ルヴィナさん――シルヴィア皇女は海を見たことがあったのだろうか？）

（あの人をレンティアに伴い、青い大海原を見せてあげたら、病をいやす助けになったのではないか？）

悔やまれてならなかった。そのとき扉の向こうから伝令係の女小姓の声がした。

「グイン陛下からで、懸案事の進捗状況をお伝えする、とのことです。執務室まで足をお運びいただけますか？」

「すぐに参る、とお伝えしてくれ」

勢いよく湯桶から立ち上がると、女官がきゃっと云った。

「すまぬ」

わびたのは湯をひっかけたかと思ったからだが、娘は下を向いて赤くなっている。

シルヴィア皇女の捜索状況をぜひともお教え願いたい――アウロラは病室に届けられた果物や菓子類への礼状にしたためていた。

女小姓はエレナといって、長い髪はきっちり頭頂部でまとめあげている。アウロラもエレナも男装だから、中奥ではたらく小姓たちの中であまり違和感がない。

アウロラが、黒曜宮の天上の高さ、磨き込まれた漆黒の床、回廊に並ぶみごとなアラバスターの彫刻の数々に圧倒されることはなかった。――華麗な柱廊の間を駆け回って育ったのだ。

（みごとに規律がとれている）

仕える者の動作はきびきびしていて気持ちがいい。みな瞳がきらきらしている。

（主君を慕っているのだな）

豹頭王は噂以上に立派な人物だ。しかし、病床のアウロラの許にもその妃の悪い噂はとどいていた。……信じられなかった。あの頼りなげなルヴィナと醜行をむすびつけることはできない。非凡な良人と並んだシルヴィア皇女の肖像を見たが、くるおしいところも淫奔《いんぽん》な相も見つけられなかった。

（燃えさかるルアーを見た目を、地に向けたなら人はみな影法師）

そんな詩の一篇を思い出しもする。

エレナに案内されたのは書斎であるらしかった。きわめて重厚で男性的な。主の人となりがそのまま反映されているようだと部屋の空気を吸って思う。エレナは豹頭王に一礼して退室した。豹頭王の他に側近らしき数人の姿があった。

中央に四角い大きな卓が据えられ——まるで海図を囲んで睨んでいるようだ。

「アウロラ殿、怪我のぐあいはどうだ」

豹頭王に労られアウロラはすこし堅くなった。

「痛み止めのおかげで、くしゃみが楽に出来るようになりました。ご心配いただいたかゆみもありません」

「かゆみはなかったか。薬師に伝えておこう。——薬の実験台にしたわけではないぞ？」

一瞬だけ豹の口もとが緩んだように感じられ、（まさか、今のはユーモア？）アウロラはすこし驚いた。

「このカリスは竜の歯部隊で、俺の目となり耳となってくれる将校だ」

騎士のひとりがアウロラに会釈する。

「サイロンで攫われたシルヴィア殿下がいずこにおられるか——周辺各国に密偵をはなって探らせているところです」

卓上にひろげられていたのは中原の地図であった。

「他の国とは？　すでに目当てがあるのですか」

アウロラはきらめく目をグインに向けた。

「闇の司祭はかつてシルヴィア殿下をキタイへ拉致している」

「キタイに——」

アウロラはいきを呑んだ。ノスフェラスの東方にある、人種も政事のしくみも異質な謎に包まれた大国。あやしい噂によれば魔道による恐怖政治が敷かれているらしい。

「グイン陛下はそのキタイに単身乗り込まれ、皇女殿下を救出されておられるのですよ」とカリスは云った。

（なんという偉業を……）

アウロラは自分より頭ひとつ半も高い豹頭をあらためて見あおぐ。

「今回もキタイと解ったわけではない。中原のどの国からも有益な情報は得られていない」

しぜんとアウロラは肩をおとしていた。

グインは云った。

「目下最大の手がかりとは、グラチウスがアウロラ殿に告げたという、シルヴィア殿下には重要な役目が課せられている。売国妃とは、重大で厄介な運命を中原史に織りこむ——というものだ」

「ひとつ考えられるのはシルヴィア殿下を人質にして、ケイロニアに莫大な身の代金を求めてくることです」とカリス。

「俺はそうとは思わぬ」

こともなげにグインが云ったので、顔を上げる。

「なぜです？」

「闇の司祭が欲するものは金銀財宝ではないからだ」

豹の目は黄色い宝石のように輝いていた。魔道師をさえ圧倒するその光輝に気を呑まれつつ、アウロラは申し出た。

「もし手がかりになるのなら——世捨て人ルカから、ルヴィナさんについて予言を得ています」

「ルカから？　ぜひ聞かせてくれ」

「はい。闇の中の娘に御手をさしのべぬよう。もしこれを此岸《しがん》へひき上げれば、嫉妬と絶望の双児を産み《闇の聖母》と成さしめるだろう、と」

「闇の聖母か」

グインは嚙み締めるように云った。

「グイン陛下、聞くところによると、シルヴィア殿下は不義の子をお産みになったとか。予言はそのことと関係があるのでは？」

アウロラは云ってから（しまった）と思った。良人に妻の不倫をあけすけに云ってしまった……。顔を赤くしたアウロラだが、グインの声音はおだやかだった。

「アウロラ殿、ルカの予言は探索の重要な標《しるべ》となるだろう。よく云ってくれた」

「……よぶんなことも云いました。申しわけない」

「気をまわさずともよい。俺は異形の生まれ、殿下にうとまれてもそれは仕方のないこと」

アウロラは豹頭をじっとみつめた。長身のアウロラが見上げてしまうほどの偉丈夫。鍛え上げられた肉体。このすばらしい戦士を醜いと思う者などいるのだろうか？（宝石の瞳、あでやかな豹紋の毛皮、生けるシレノス……）驚嘆と讃嘆が胸にこみあげ、

「陛下はお美しいです！　今まで会ったどの男性よりも」

アウロラの青い青いレントの瞳、激しいまなざしを浴びても、豹頭には変化も照れも現れなかったが、かたわらのカリスが、まるで自分が告白されたように、にやにやしな

がらも誇らしげに云った。

「アウロラ殿の審美眼はたしかです。グイン陛下よりお美しい方は中原じゅう探しても見つかりません。お認めにならないのはご自身だけです。私は伝説の美男子――亡きクリスタル公にだってひけをとるものではないとつねづね思っております」

（グイン王と亡きアルド・ナリス……。この二人の美しさはルアーとイリスぐらいかけ離れていると思う）

アウロラはクリスタル公アルド・ナリスの人となりを、タムという遊学生から詳しく聞いていた。タムはナリスの王立学問所の後輩であり、沿海州遊学を応援してくれたナリスに心酔していたのだ。

アウロラが深い思いから豹頭を見つめ直したとき、書斎の扉が叩かれた。

入ってきたのは小姓だった。

「お取り込み中、失礼いたします」とグインに耳打ちをする。

「――わかった。アトキア侯にすぐ向かうと伝えてくれ」

マローンというサイロン市政の顔をアウロラは思い出した。

「これより市政の会議がはじまる。民法に新しい条項をつけ加えるのだ」

さらに別の会議が待ち受けるという。アウロラはグイン王の激務ぶりを見せつけられる。

「民法とは……サイロン市民のためのものですか？」

「そうだ。サイロンの子どもたち――養い手のない孤児を救済する法を発布する」

（養い手つまり父のいない私生児を救済する法か……）

アウロラは複雑な気分になった。彼女はレンティア女王ヨオ・イロナの不倫によって生をうけているのだ。

（いや――豹頭王がわたしの出自を知るはずなどない）

アウロラは思い直す。豹頭王は黒死病によって養育する者のなくなった孤児たちに、人がましい暮らし、温かな家庭を授けようと、大喪のさなかも八面六臂《はちめんろっぴ》の活動をつづけているのだと。

「グイン陛下、さいごにお願いがあります。今後わたしにシルヴィア殿下探索のお手伝いをさせていただけますか？」

「アウロラ殿――体のほうは大丈夫なのか？」

「大丈夫……だと思います」

強がるアウロラに、豹頭王は満足げにうなずいた。

「ではこれよりカリスの部隊と行動を共にするとよい」

「ありがとうございます、陛下」

「礼を云うのはこちらだ」

豹頭王を見あおぎアウロラは思わずにいられなかった。

(もし、ケイロニアという大艦から、このすぐれた舵取りが降りてしまったら……どうなるのだろう?)

その間にも大喪の典礼はとどこおりなく進んでいた。

アキレウス大帝の遺骸は一定の期間(没薬《もつやく》がしみこみ防腐効果を発揮するまで)を殯の宮で過ごしてのち、黒曜宮の西北にしつらえられた葬儀場の壇上に据えられ、そこで中原諸国の駐在大使や使節の弔問をうけることになる。殿上を許されない者たちには、宮殿前に献花と弔問記帳の台が設けられた。長くケイロニアの象徴であった獅子心皇帝を悼む民草の列は長く、いつまでも途切れることがなかった。

大喪の典礼で最も重要な、「別れの儀」の日が近づいてきていた。

タヴィア――オクタヴィア・ケイロニアスは、ケイロニアの正式な喪装に身をあらためていた。

伝統的な意匠の黒い絹のドレスには、おびただしい数の鉤留めがついており、着るのに手助けが要るほどだった。着付けを手伝ったのはフリルギア侯夫人である。

「ステイシアさま、腕を上げるのにも苦労がいります」

それほど体にぴったりしている。きわめて細身の鎧のようだとタヴィアは思う。

「私が大柄すぎるからですね？　きゃしゃな女にしか似合わないのでしょう？」

自嘲まじりにスティシア夫人に訴えると、先代アトレウス帝の姫は上品に否定する。

「――ケイロニアにおいて、大喪での着こなしは花嫁衣装よりむずかしいとさえ云われておりますの。オクタヴィア殿下はすらりとしていて、肩から腕の線はながれるよう、たいへんお美しく着こなしてらっしゃいますわ」

自分の着付けに満足している、ようにも聞こえる。葬儀となると張り切りだす女性はケイロニア宮廷にもいて、スティシアがそのひとりであることは間違いない。

「殿下のお姿をみて、各国の弔問客はおだやかではありませんわよ、きっと――パロの大使殿はリンダ女王にもひけをとらないと思うにちがいありません。喪装は女をもっとも美しく神秘的に見せるといわれておりますしね」

タヴィア自身は喪装の着こなしにきれいもヘチマもないと思っている。

それより気にかかるのは各国からの弔問客だ。パロからは駐在大使の伯爵、クムからは宰相の名乗りがあったらしい。

（ゴーラから弔問に来るのは宰相なのかしら？）

――カメロン。かつて沿海州の提督であった男。〈煙とパイプ亭〉が軍師アリの手の悪漢に襲われたとき、あわやというところでタヴィアと臨月のやや子を救ってくれた。

タヴィアは感謝以上のものを口ひげの武人に抱いた。マリウスへの愛情は子どもに対するものにもちかいと気付いている。カメロンに抱いたのはまったく逆の——頼りたい守られたいというものだ。むろん精神的なものであり、胸のうちから出ることのない思いであったが、男らしい渋い笑顔が急にむしょうに懐かしくなった。

大喪の典礼ともなれば、年番以外の十二選帝侯も黒曜宮に登城してくる。サルデス侯アレス、ツルミット侯ガース、ロンザニア侯カルトゥスが護衛の騎士団にものものしく守られて黒曜宮正門をくぐった。

いまだ現われない選帝侯のうち、ラサール侯ルカヌスはもともと病を得ていたのが、ササイドン会議のあと体調がすぐれず、代理に弟のヴォルフを立ててきていた。亡くなったダナエ侯の遺族からはいっさい連絡がない。悲劇の未亡人サルビア姫は、兄のマローンに「これよりゼア神殿に参ります」と手紙をよこしたそうだが。

ベルデランド侯ユリアスから欠席の報せが届いたが、ローデス侯ロベルトからの連絡は未だなかった。アキレウス帝の寵臣が大喪の典礼に出てこられない――それほどナタールの水害は深刻な状況なのか？　ハゾスはいっそう胸を痛めた。

ハゾスに不安を与えるのはワルスタット侯ディモスのこともある。パロに赴いている親友に、「なぜ選帝侯会議で、グイン王に不信任を投じたのか？」と密書で問い質したが返事はなかった。そのディモスは多忙を理由に大喪を欠席すると云ってきている。それも信じられない。否ありえないことだ。病気を得ているわけでもないのに主君との別れの儀に出席しないなど……

（ディモスは人が変わってしまったのだろうか……）

不審と不安がハゾスの胸にしこりをもたらしていた。

黒曜宮の庭園には迷路のような一画がある。庭木の枝葉がのびさかり遊歩道の左右から張り出して見通しをさえぎっている。ルノリアの枝の間から、知らぬ者をぎょっとさせる奇怪な姿をのぞかせているのは、中庭に立てられた神話の神獣の彫像だった。

山犬の頭を乗せた黒い巨人の像の前を、うつむき勝ちに青年が歩いていた。細身を正装につつみ、赤みがかった金髪を肩章の上に揺らしている。アウルス・アラン。若き美貌のアンテーヌ選帝侯名代である。

そのかれの後ろから声がかけられた。

「アラン殿、こちらにおられたか」

声をかけた者も正式の装束に身をつつんでいる。

「――アトキア侯」

アトキア侯マローンはすこし息を切らしている。

「到着されたと小姓から聞いて外宮《げくう》に伺ったが、おられぬので探していた」

風が丘にはいくつもの貴賓《きひん》の宮があり、十二選帝侯のためには、サイロンの貴族の城館におとらぬ豪華な宿泊施設の用意がなされている。

「大喪の前にぜひとも話がしたかった」

マローンは前置きも、もどかしく云った。年はアランより上だがマローンのほうが青くなるときがある。言動にゆとりを欠くのは生まじめな性格もあるだろう。今もそうだった。

「ダナエ侯暗殺の件でいくつか解ったことがある」

「おお！　その件はアンテーヌでも気にかけておりました。やはり毒殺はルゴスのしわざだったのですか？」

ルゴスはササイドン城にワルスタット侯の親書をもたらした使者だ。ふたりはこのパロ人を怪しみ接近しながらもみすみす目の前で死なせている。それとなく監視するよう豹頭王に命じられながら、次代を担う若者たちの大いなる失点とは云える。

「そのルゴスについてだが、ワルスタット侯に問い合わせたところ、貴族ではないがしっかりした人物で毒殺になど手を染めるはずがない、との答えだった」

アランの顔に翳りが落ちた。あやしい魔の手のことを思い出したのだ。

「まるで口封じに殺されたかのようだったのに」

声音は口惜しげだ。

「うむ。──だが手がかりはもう一つある。豹頭王陛下は、杯に残っていた毒を薬師のニーリウスに調べさせたのだ。その結果たいそう珍しい、パロ王家でのみ使われる毒であると解った」

「パロ王家に伝わる毒ですか……」

もとよりパロ聖王家はその歴史の上で毒殺とも魔道ともゆかりが深い。

「ケイロニア選帝侯毒殺に、パロ王家がかかわっている、ということですか？」

「うむ。証拠からそう考えざるを得ない」

「あるいは──」アランは思慮ぶかく、「ケイロニアとパロの親交を裂こうとする他国の陰謀なのか？　この件をグイン陛下はいかがお考えなのでしょう？」

「陛下は竜の歯部隊の間諜に引き続きの調査を、解毒薬の開発を薬師にお命じになられた。慎重でいらっしゃるのは、ケイロニアとパロの関係を考慮されてのことだろう」

このとき頭上の枝からちいさな影が舞い降りてきた。

「なんだ。蝶か」

漆黒の翅がマローンの鼻先をかすめて飛び去った。

そのとき──

「あ……」

ふいにアランが声をあげた。

「どうしたんです？」

「なぜ、どうして……黒曜宮に？」

アランは顔色を変えている。

マローンはかれの視線をたどった。ルノリアと神獣の迷路に新たに迷い込んだ人物がいた。黒絹のシャツにやはり黒い乗馬用ズボン、髪はあごで切り揃えている。近習のひとりか若い騎士のように見えなくもないが――

「アウロラ殿！」

先に声をかけたのはマローンだった。

アランはまっすぐアウロラを見つめていた。かすかに美貌を赤らめている。

「アウロラ姫、なぜ黒曜宮に？　その腕はどうなさったのです？」

アウロラの左腕には包帯が巻きつけられ吊られている。

「心配はない、だいぶ治った。――豹頭王陛下のおかげだ。療養のため宮殿の一室をあてがって下さった」

「何か無茶をされたんですね？」アランは怒っているようだった。アランが感情を剝きだしにするのを目にして、マローンは驚かされていた。

（沈着冷静なアラン殿がどうしたわけだ？　常とちがいすぎる）

「アラン殿とアウロラ殿はお知り合いなのか？」

「ええ」アランはうつむいて答え、

「ギーラの浜に打ち上げられた折、アンテーヌ侯のご一家に歓待をうけたのです」

アウロラはこともなげに答える。

「しかしよく似ておられる。ご姉弟と云われても通りそうだ」

マローンは深い考えもなく云ったのだが、アウロラは一瞬表情を曇らせる。

「曾祖母の代に――沿海州と婚姻があったそうなのです。父から聞きました」

このアランの説明によって、マローンはアウロラという人物の謎が解けたと思い、

「なるほど！　アウルス・フェロン殿は縁つづきの姫君ゆえに、旅行手形を特別に発行されたのですね」

「……そういうことです」

わずかに身じろぎして答えたアウロラをアランはじっと食いいるように見つめている。

色恋に関わることにうといマローンであるが、このとき天啓のように脳裡にひらめいた場面があった。ササイドン城でのアランの告白である。

（アウルス・アランが恋をした姫君とは、まさかこの――）

マローンはついぶしつけな目を長身の娘に注いでしまう。

あかがねの輝きをひそめた美髪、ほお骨の高いきりりとした顔立ち、青い青い海の瞳。

――男装もきつく巻いたサラシさえも、その名が冠する女神の香気までは隠しきれない。

アウロラを見つめるうち、アンテーヌ子爵からするどい敵意さえ感じるまなざしを浴びせられ、マローンはすこしく呆然とする。

（恋とは怖いものだ。かくも人の心を無防備にさらけださせてしまう……）

3

宮殿の屋根の四隅には奇怪な像が座りこんでいる。雨水を集めるためのものだが、カラスに似た太いくちばしをじっとり濡らし、魔物たちは何かを待ちかねているようにも見える。

霧雨の下で、もうあと一ザンもすれば、第六十四代ケイロニア皇帝アキレウス・ケイロニウスとの「別れの儀」がとりおこなわれるのだった。この儀式が終了すれば黒獅子旗にくるまれた大帝の亡骸は霊廟の地下におさめられる。

参列者はケイロニアの重臣や武将だけではなかった。ケイロニアと親交があったり、大国に何がしか恩義のある国の国主、領主が弔問の使節を遣わすのが通例である。パロの大使にさして目立ったところが見受けられないのに対して、クムからエン・シアン宰相の代理として列席した、タイス伯爵マーロールの白皙《はくせき》の異相は婦人たちの好奇の目をひそかに集めていた。

タヴィアが心待ちにしていたゴーラ宰相カメロンの姿はなく、翼下のモンゴール人男爵が派遣されていた。

弔問に訪れた者たちは多かれ少なかれ、大喪の典礼で特に重んじられる儀式の中で、ケイロニア皇帝家から重大な発表がなされるのではないかと予想を立てていた。それこそアキレウス大帝の遺言の公表であり、次期皇帝の指名——あるいは十二選帝侯会議で決定した新皇帝の発表であるにちがいない。

強大な帝国の唯一の泣きどころ、《シレノスの貝殻骨》とはアキレウス帝がその生涯で男子後継者を得られなかったことにある。この長年の懸案事項にもついに回答が出されるのだ。参列者たちの期待が、しめやかな空気のうちに、緊張感をはらませていたのだった。

黒装束に身をつつむハゾスは、顔に落胆の色をにじませていた。

ついさいぜん迎えた使者のせいだ。急使はベルデランド侯ユリアスからの親書を携えていた。

「ローデス侯ロベルト殿においては、発熱からくる脱水症と身体衰弱きわめて著しく……」

水害にあった領地を慰問する最中にロベルトは倒れたのだった。

親書によると、衰弱したロベルトはナタール城に運ばれ、ユリアスの看護をうけることになった。侍医の診《み》たてによれば、命には別状はないが元々頑健といいがたい体質であるからしばらく絶対安静を保たねばならぬ。ロベルトはおのれの身をいとわず、別れの儀に出席すると聞かないので、いたしかたなく黒蓮で眠らせることにした──とユリアスは結んでいた。

（ナタールの被害は酷いもののようだな。しかしそれにしても、ロベルトにはなんと不運なめぐりあわせだろう、誰より深く敬愛していた大帝陛下と最後の別れもできぬとは、これもヤーンの仕打ちなのか……）

ロベルトの欠席は後継者会議にとって大きな痛手である。アキレウス帝の遺言の解釈をめぐって、選帝侯間で諍いが起きかねない事態にあって、ロベルトに緩衝役が期待されていたからだ。対立する意見をすり合わせる知恵が盲目の選帝侯にはあったかもしれない……。

ハゾスはため息をついた。

（遺言問題を解決できぬままに、獅子心皇帝陛下とのお別れの儀を迎えてしまった）

いずれもケイロニアを思う心に変わりはない。「ケイロニアを頼む」というアキレウスの思いからは離れていない、受け継いでいるのだがそれを「大いなる言霊」として、弔問に集った人々に──中原諸国に示す方法が思いつかないでいる。

皇族の控えの間にあってオクタヴィアもまた悩み迷い続けていた。別れの儀における遺言の公表は彼女の意思にゆだねられていた。遺言の公表を促す権利を持つ者も宮廷にはいないのだ。もしこの機会を逸してしまえば、決議は再び選帝侯会議に差し戻される。いまや十二の剣が揃わなくなっている会議に、《大空位》を早くに解消させる方法が出せるのなら話は別だが……。

(不完全だから公表しない、というのは間違っている。お父さまがケイロニアのことを、最後のときまでお考えになっていたそのことをみなに伝えねばならない)

しかし皇帝指名を受けてから、彼女の胸を惑いと怯えが締め付けていた。

(お父さまの《言霊》が人々にもたらすもの。フリルギア侯をそうしたように、煽りたて引き出すだろうそれが私には恐ろしくてならない。ああ、もっと考える時間があったら……)

つとかたわらに目をやる。霧に煙った窓を前にして愛娘が大人しく座っている。黒いドレスを着せつけられ、いつもふたつに分けている金茶の巻き毛は、母と似た形にひとつにまとめられ黒いヴェールにつつまれている。

(ああ！　やっぱり……私は皇帝の後継者である前にこの子の母親なのだわ。今も心はマリニアに占められている。そんな狭量な魂で広大な帝国を見渡し治めるなんてとうてい無理だわ。ヤーンの怒りに触れる。そう考えるとこわい……)

地上のイリスはなやましく、結い上げた銀の髪を振った。

マリニアが心配そうに手を差し伸べてきた。ちいさなやわらかい手をとって重ね合わせたとき、オクタヴィアは衝動的に思った。

（でも、そうなのだわ。私が即位すればマリニアには重すぎる枷《かせ》を外してやれる）

＊　＊　＊

つれなきイリスよ
雲にかくれ
山の端にかくれて
わたしを笑うイリスよ
わたしの愛に気づかぬふりで
ゆきすぎる青く無慈悲な麗人よ

うっとりするほど甘い美声と、たくみなキタラの和音が響いてくる。

そこは装飾された天井も大理石を貼った床もない。わずかに紫がかった空の下、丘陵に青々と草がそよいでいる。

（黄昏にはまだ間があるけど、今はこれを歌いたい気分だったんだよ）

聴衆に——それは草の間にせっせと餌をはこぶ蟻たちだったが、云いわけするように云ってから、かれは草地を立ち上がった。

「じゃここまで。道草を食っていると、女騎士やねずみ男の宰相閣下に文句を云われるからね」

そう云いながらも、名残惜しげに、愛用のキタラをポロンとかき鳴らす。

（イリス……ぼくの奥さんのことを思い出した。急に心配になったんだ）

＊　＊　＊

「別れの儀」は当然のことながら、黒曜宮で最大級の「黒曜の間」でおこなわれる。

猫の年にはこの巨大な広間において華々しく祝賀の式典がひらかれた。それから一年と半年しか経たぬうちに同じ場所で大喪の儀が行なわれることになって、人々は主君への哀悼の念と共に世の無常を嚙み締めたことであろう。

広さは通常の広間を三つつなげたほど。高さも三階まであって、列席者の席は上方に張り出したバルコニーにも設けられている。この広大な空間に上は十二選帝侯から、下は宮中に入る機会のない武官や女官でも位のひくい者まで二千人を超えて収容することができた。さらに「黒曜の間」に入れない一般の市民は、先に述べた黒曜宮正門の前に設けられた献花台の前に列をつくり、胸のまじない紐をまさぐって獅子心皇帝の霊を偲んでいた。

広間の壁には黒と紫のびろうどの幕がかけまわされ、その垂れ幕の向こうで宮廷雅楽士たちの演奏がはじめられていた。たいそう哀調に満ちた調べであった。黒大理石に敷かれた絨毯、壁の金や銀の装飾、宝飾の類いはすべて取り外されるか黒布で覆われ、広間全体が暗くしずんで見えた。

アキレウス帝の柩を安置する祭壇には、おびただしい数のユーフェミアの花が活けられ、中央やや上の方に皇帝の正装を身につけた肖像画が掲げられている。巨大な祭壇の前面から幅広の段がつけられて扇状にひろがっていた。壁に沿って紫の幕が張り巡らされ、その前にしつらえた壇の上にケイロニア皇帝家の人々、選帝侯、すこし下がって十二神将が列座している。

最上壇には右側に豹頭王グイン、紫衣と黒のマントに身をつつみ静かに瞑目する姿は地上にふたつとない彫像のようである。左側にはヴェールで美貌を覆ったオクタヴィア皇女、並んでマリニア皇女が座っている。

その次の壇からが十二選帝侯をはじめとする高官の席だが、ここでも聖なる十二の剣は揃っていなかった。ワルスタット侯ディモス、ローデス侯、ベルデランド侯の三席が空き、ダナエ侯の代理出席もなかったのである。

（欠席の断りさえない。ダナエ侯家は常識的な判断さえできないでいるのか……）

疑問と共に、典礼を軽視されたような憤りをもハゾスは感じていた。

儀礼用の大きな銅鑼が打ち鳴らされ、ヤーン神殿の神官とカルラア神殿の神子たちによる詠唱がはじまった。

この詠唱の間に、弔問客は祭壇まえのきざはしを上り、大帝に花を手向けるならわしになっている。供花は白色のにおいの淡いものと決まっており、一万本のナタリアの花が用意された。

あやしい美貌の青年が長身をかがめて花をとり上げている。

ハゾスはクムからの弔問客を注視していた。

（マーロール伯。タイ・ソン伯の失脚後、タイスの新しい支配者に就いている）

黒曜宮に到着すると同時にマーロール伯はグイン王に謁見を願い出て、しばし私室にて語らうことを許された。マーロールはパロ内乱後に失踪したグインと会っている人物である。

記憶を無くし旅芸人としてタイス入りしたグインは、先代のタイス伯タイ・ソンによって水神の祭りで戦わされることになった。マーロールはそのタイ・ソンの庶子だが、父の暴虐のかずかずを告発し失脚させた立役者だ。大闘技会の決勝で瀕死の重傷を負ったグインを助けタイスから脱出させてもいる。

グインとマーロールはクムの大闘技会について語っていたのだ。ハゾスは「ガンダル」の名とすさまじい戦いぶりを、豹頭王その人から聞かされ知っていた。

（陛下は、ガンダルの記憶はとりもどしたと仰られていた。闘王ガンダル。生涯最後の試合で、ケイロニアの英雄と、世界一の剣士の座を賭けて激突するとは、なんという運命であったろう。ガンダルは命を落としはしたが、豹頭王の胸のうちに今なお生き続けている。これもヤーンのはからいなのか……）

ハゾスは胸のうちにため息を漏らす。その間に白膚の貴公子は花を捧げ終えていた。

続くモンゴールの男爵は見かけも喪服の仕立ても地味で野暮ったい。

（モンゴールといえば、アムネリス大公の幼い遺児を、イシュトヴァーン王はどうするつもりだろう？　傀儡の公主とするか、モンゴールはこのままゴーラに併呑され、サウル皇帝の子のように亡き者とされるのか？――今や後継者問題は他国の話ではないが）

そして暗灰色のローブをひきずりパロの使節が祭壇へと歩き出した。パロ人といえば美男美女が多く、体型もすらりとした人種と思っていたから、トルクじみた小男をハゾスは意外に思うと同時に、ある人物を思い出していた。

（あの者――まるで、パロ宰相ヴァレリウス卿の戯画のようではないか？）

小柄なパロ大使がローブのかきあわせに手をすべり込ませたとき、それまで立像と化していたグインの髭がぴくりと動いた。トパーズ色の目がカッと見開かれる。

パロ人がふところから取り出したのは木の小箱であった。香箱のような小箱のふたを大使は外した。

刹那に小箱から霧状のものが立ちのぼった。黒い――紡錘形から三角錐を逆さにしたような形に変化し、それはおそろしい速度で回転しだした。まるでちいさな竜巻のようだ。

小箱から生まれた黒い渦はみるまに大きさを増し、高さは二タール、径も一タールを超えさらに成長した。

グインの目に魔に敵する光がむすばれた。すっくと立ち上がり、紫衣から緑光を帯びた利き手を突きだそうと構える。

――と、大使は悠揚せまらぬようすで云った。

「豹頭王陛下、ご心配なさらず。これは冥界送りのまじないでございます。けっして人に害を与えるものではございません」

言葉と同時に竜巻の勢いが少しゆるむ。黒い霧をなしていたものの正体が明らかになる。

黒い蝶だ。

無数の蝶が飛び回っているのだった。蝶たちは「黒曜の間」を乱舞し、天上を埋め尽くして、人々を驚かせた。

「――陛下。蝶とは不死なる魂の象徴でございますれば、ゾルダの坂道を往かれる御霊に追いついて、とこしえにお慰めたてまつることでしょう」

豹頭王は天井画をほとんど覆い隠している、黒い羽の群を憮然と睨み据えていた。

やがて少しずつ黒いしみは薄れはじめ、天窓からでも逃れだしたのか？　数タルザンのちにはあとかたもなく消え去った。

「ここはケイロニアだ。ケイロニアの作法に則《のっと》っていただこう」

グインは大使に遺憾と怒りをあらわにしていた。

矮軀の持ち主はいんぎんなお辞儀をすると、

「これは大変にご無礼つかまつりました。豹頭王陛下のお気を損ねましたら、リンダ女王陛下からお叱りを受けますゆえ、平にご容赦下さいませ」

陰気に謝罪するが、宴席の余興をはずした芸人ほどにも悪びれていなかった。この一幕が、ケイロニアの人々に、魔道のあやしさと胡散臭さを印象づけたのはたしかだ。

その直後だった、マックスが垂れ幕の後ろからハゾスにささやきかけたのは。

「ダナエ侯の縁故者が代理出席の許可を求めてきております。ケルート伯爵と名乗っております」

ハゾスは小声で（目立たぬよう幕の後ろから席に着いてもらえ）と指示を出した。

今まで気をもませてとは思ったが、この代理人の出席でダナエ選帝侯の欠席は埋められた。儀式の遂行こそが優先される。すでに、十二神将の──ワルド城の守りに赴いている金犬将軍ゼノン、砦への物資を調達する白虎将軍アダンを除く──将軍たち、ケイロニアの内政にたずさわる六長官が献花を終えていた。

ダナエ選帝侯の名が呼ばれた。立ち上がったのはおそろしく痩せた男で、血色のよくない顔にハゾスは見おぼえがなかった。選帝侯の代理をつとめる人物をケイロニア宰相が見知らぬとはあやしむべきだが……。

代理人はナタリアの花を手に祭壇の前まで進むと、花を捧げるでも黙禱するでもなく、大帝の肖像を見上げしばらく突っ立っていたが、突然大声を出した。

「大帝陛下におかれましては、まことに残念なご最期であられたと思っております」

（い、いったい、何を云いだす!?）

ハゾスは目を剝いた。どれだけ経験が浅く、黒曜宮のしきたりに不案内な者であっても、厳粛たるべき式のまっただ中で、やんごとなき霊に向かって残念とは！　無礼千万ゆるしがたき暴言である。

代理人の伯爵はくるりと広間に詰めかけた弔問客を向いた。

「かように申し上げたのは、ついに大帝陛下は知らされぬまま崩御されたからだ。大ケイロニアの皇帝を継ぐべき正統な──ただ一人の皇太子が──生存していることを、知らされぬまま身まかられたからだ」

「なんと！」

ハゾスは思わず声を上げたが、かれだけではない、大広間じゅうが驚きと動揺を抑えきれず、ざわざわしだした。

（今、何と云った？）

（ケイロニアに皇太子がいると云っていたぞ）

（まさかアキレウス帝に落とし胤が……いやまさか……）

（しかしありえぬことではないぞ）

（大帝も人の子、男児の性がおありになるかぎり）

い、いや、その可能性を指摘する声は苦々しかったが。

たしかにありえ無いことではない。現に愛妾のユリア姫との間に生まれたオクタヴィア皇女は、成人してから大帝と目通りを果たしている。

だがしかし――

葬儀におけるこの手の発言は、亡き人へのいちじるしい冒瀆であり、遺族を逆撫でにする禁忌の中の禁忌である。はじめこそ動揺を表立てた人々も、我にかえって大喪における最大の禁忌を破った者に痛烈な冷視を浴びせた。

ケルートは眉ひとつ変えず云い継いだ。

「皆様の記憶にまだ新しいだろう？　サイロンに暴動が起き、暴徒がシルヴィア妃殿下を襲撃するという騒ぎがあった。その折りに、ケイロニア宰相が、シルヴィア妃の出産はあったと認めたことを、お忘れではなかろう？」

ここで顔色を変えたのはハゾスだった。赤くではなく蒼く。

シルヴィアの出産はあったとグインに認めた上、不義の子をこの手にかけたと告白したことで、ハゾスはこの問題に決着をつけたと思っていた。この嬰児《えいじ》殺しをハゾスの勇断だと讃える者や、いたし方ない処置だとする声も多かった。女官の中には「赤子は早産のため衰弱しきっており、宰相殿が手をかけたときすでにこと切れていた」と云う者もおり、みながみなハゾスに同情的だった。――グインその人以外は。無辜《むこ》の命を奪ったという告白に対して、ハゾスがグインから受けたのは無形の刃にひとしいまなざしだった。瞋恚《しんに》のまなざし。敬愛と忠誠を捧げる主君から、うとまれ切り捨てられる恐怖をハゾスは味わうことになった。

(不義の王子シリウスを抹消するため、私は少なからぬ犠牲を支払った。知られるはずがない。知られるはずなどないのだ)

胸のうちで呪文のようにくりかえすハゾスだった。

ケルートはふたたび口をひらいた。

「シルヴィア妃の子の父親については、どこの誰とも知らぬとされていたが、今ここで明白な事実をお伝えする。わが従兄弟ダナエ選帝侯ライオス殿の日記に綴られていたのだ。鹿の年のはじめの園遊会の夜より、シルヴィア妃殿下と逢瀬《おうせ》をかさねるようになり――身も心も深く結ばれていたと」

「ばかな！」

叫んだのはアトキア伯マローンだった。妹姫に訴えられた醜聞の真実を、思いつくかぎり最悪のかたちで暴露されたのだ。悪夢を見せられたような顔をしている。典礼がどこからか悪夢に転じた思いはハゾスも同じだ。マローンより深く打ちのめされ、（……日記など……妄想とて書き付けられる）なかば惚けたようにつぶやく。

ケルートはそのハゾスを見つめて云った。

「日記に書かれた内容は当然ながらダナエ侯の遺族の間で大問題となった。すぐにサイロンに人を遣わし、当時シルヴィア妃に仕えていた者から詳しい事情を聞きだした。解ったのはシルヴィア妃のお相手はライオス殿だけでないらしいことと、もうひとつもっとゆゆしい事実が明らかになった。シルヴィア妃の子、ダナエ侯の遺児の可能性もあるその子は死んでなどおらぬ。ハゾス宰相の手によって、ひそかにローデス侯の領地ブレーンに連れていかれ、開拓農民の養子とされていたのだ」

まったく予想していなかった方向から破城槌《はじょうづち》が見舞われたようなものだ。それを妄想だ、誹謗だとする論拠をハゾスはもたなかった。今までなんとか持ちこたえていた、城砦の壁が致命的な打撃によって脆《もろ》く崩れおちていく。全身の血が一気にひいて、目がくらみ、言葉がでてこない。いったいどこから？　誰の口から秘密が洩れたか、考えることさえできない。

「宰相閣下は虚言があきらかになり腰がくだけたか？　情けないことだ」ケルートは冷たく云いすてると、聴衆に向かった。「わがダナエ騎士団は即刻うごいた。ローデスの田舎にくだんの男児を探したのだ。しかし派遣した部隊は戻ってこなかった。事故に遭ったのか、ローデス侯――あるいはケイロニア国王の騎士団によって全滅させられたか？　シルヴィア妃の子に生きていてもらっては困る何者かの手によって」

ケルートはケイロニア国王と皇帝家への誹謗ともとれる言葉を口にした。

「ブレーンでは大きな水害が起きたのだ！」

ハゾスが叫ぶように云い返したとき、高位高官にまでも不穏なざわめきは広がっていた。

（ローデスの大水害は聞いているが……）

（問題は皇女殿下とダナエ侯の姦通が真実なのか？）

（つむりを病んでいたシルヴィアさまと、女狂いのライオス――ないとも云えぬ）

その声は選帝侯の間からだった。

（皇帝家直系の男児は生きてローデスに養子にやられていた――その事実こそがゆゆしいではないか？）とツルミット侯は隣のロンザニア侯にささやいた。

（ハゾス宰相は赤子は死んだと云った。なぜそのような嘘をつく必要があったのだ）

選帝侯たちは顔を見合わせ、何やらまださざやき交わす。

選帝侯たちだけではなかった、広間中が同じように疑問を抱いていた。

（ハゾス宰相から明白な答えをもらいたい！）

しかしハゾスは椅子に背筋を伸ばしているのもやっとのありさまだ。

そのとき――

漆黒のマントを揺らして巨大な姿が立ち上がり、祭壇につづく幅広のきざはしに足をかけた。大喪のため黄金をいっさい排した空間で、黄色の毛皮とトパーズ色の目がひときわ鮮やかに――衆目をさらった。

グインがすぐそばまで来たとき、祭壇の前の男は怯えた表情になったが、虚勢を張るかのように胸を逸らして豹頭を見返した。

グインは云った。

「ケルート伯爵、ダナエ選帝侯ライオス殿の死にはケイロニア王として責任を感じている。当主を失くされた侯家には今後助力を惜しまぬつもりだ。が――貴殿の言葉は深い悲しみゆえか、いささか取り散らかっているようだ。ことはダナエ侯家から離れて、皇帝家――ひいてはケイロニア全体にかかわってきている」

「おそれながら、その大問題のたねをこれまでケイロニアの豹頭王陛下に隠してきた臣下にこそ責任があるのではないですか？」

「たねとは、シルヴィアの子どもについて云っているのか」

確認するようなグィンの言葉が、ハゾスの胸をずぶりと刺した。

「その通りだ、豹頭王グイン。あなたがパロに行っている間に、奥方が妊娠し男児を産んだのは事実。その父親についてろくに調べもせず闇から闇——そのほうが都合がよかったんだろうが、ここでダナエ侯の日記という明白な証拠が出たのだ。ダナエ侯家はシルヴィア妃の産んだ男児を正式に認知する決定を下している！」

ケイロニアの偉大な英雄である王に対する言葉づかいではなかった。ハゾスは呆然としながらも思いだしていた。ササイドン会議において、ダナエ侯もまた暴言を憚《はばか》らなかったことを。あのときダナエ侯が発していた瘴気《しょうき》めいた悪意をケルートからも感じた。

4

（ダナエ選帝侯がシルヴィアさまの御子を認知するとは……）

（その男児の後見役になるということだ。唯一人のアキレウス・ケイロニウス皇帝直系の男児を手中におさめるための方便ともとれる）

（だがダナエ侯の実子かどうか知れたものではないぞ。シルヴィアさまはライオスをお好みではなかったどころか毛嫌いしていた）

（何をいおうとシルヴィアさまは今やドールの国の住人）

（それを云うなら御子のほうこそあやしい。果たしてまことに生存しているのか？）

動揺を表立てる高位高官の間から、マローンが立ち上がって、

「宰相閣下、どうか真実を明らかにして下さい。シルヴィアさまの御子は生きてらっしゃるのですか？……ハゾス宰相は幼子を手にかけてはいなかったのですね？」

若き選帝侯のまっすぐな目をハゾスは受け止められなかった。それしか選びようがなかったとはいえ明らかに失策であった。底なし沼に胸まで沈みこんだ思いがした。

「マローン——」

ひくい穏やかな声が、泥沼に没する寸前のハゾスに届いた。

「そうだ、ハゾスは嬰児殺しなどおかしていない。ロベルトと手をたずさえ、赤子を生かそうと計らった。ハゾス・アンタイオスは深い情けを備えた名宰相であり、俺の無二の親友だ」

（……陛下、グイン陛下！）

このときハゾスの精神はうちつづく衝撃から逆行しかけていた。宰相の立場という重い鎧と具足を付けていなかった時代に。少年の目をして、豹頭王の偉丈夫をみつめた。

（もはや虚言はいらぬ）

トパーズ色の目にそう云われた気がした。

グインは紫衣の内懐から羊皮紙の巻き物を取り出した。

「これは、わが父アキレウス・ケイロニウス大帝の侍医であった、カストール博士によって書かれたものだ。博士は大帝陛下に殉じられたが、ケイロニア皇女シルヴィア殿下の出産にまつわるいっさいを書き遺された」

（おお……）

ハゾスの口をうめきがついて出た。

「医師が《カシスの誓い》を破ってまで明かしてくれたかけねなしの真実だ。——ハゾス、この重い真実を今まで引き受けてくれていたのだな」
「グイン……陛下……」

ハゾスはそう云うのがやっとだった。

「虚言はよいことではない。だがハゾスのなした行為には情を感じる。それは罪なき赤子を、その母を病ませてしまった環境と、皇帝の孫という重いかせから逃すためなされたのだ。よって一連の工作をケイロニア王は不問に付す」

グインは声を大きくして云った。

「これで――シルヴィア殿下の御子の存在は明白となった。アキレウス大帝のもうひとりの孫、俺の息子でもあるわけだが」

「あなたの子でなどありえない！　シルヴィア妃が妊娠した頃ケイロニアに居なかったのだから」ケルートが決めつける。

「俺の子だ。赤子が生まれ落ちたとき、夫として俺はサイロンに――同じ宮殿のうちにあった。いや、シルヴィア殿下が俺の妻であるという事実は今このときも変わらぬ」

「そんなもの、ケイロニア王という地位にしがみつく方便にすぎぬ！　今では《まじない小路》の踊り子をかたわらに侍らせ、子どもまで生ませているではないか？」

このとき豹の目の悲傷にハゾスは気付いた。が、すぐに深い声音が響いた。

「俺はシルヴィア殿下にとってよい夫ではなかった。繊細なお心を解ってやることがどうしてもできなかった。朴念仁の武人であったのだ。姫の心をむしばんだ魔の本体を見極め、おのれの剣で払いのけようとしたが――しそんじた」

グインは利き手のたなごころを見つめ握りしめた、慚愧に堪えぬように。

「そうだ、シルヴィア妃は夫に見捨てられ、見殺しにされたのだ！　死んだ皇女との間に絆など存在するはずがない」

ケルートは勝ち誇ったように云いはなった。

「そうではない！」

豹頭王は吠えるように云った。

「シルヴィア殿下は死んでなどいない」

（シルヴィアさまが……生きておられる……？）

ハゾスは呆然とつぶやいたが、他の選帝侯もみな呆然とした表情を浮かべている。

ケルートは暗く燃える目をグインにそそいでいる。

グインは云った。

「シルヴィア殿下は闇が丘で地下水に飲まれた。地下の流れはサイロンへと続いており、殿下は下町の女性によって命を救われた。その折りには言葉と記憶をうしなっていたが、手厚い看護と治療によってじょじょに回復されたのだ」

「黒曜の間」はしんと静まり返って、グインから語られるシルヴィアのあやしい運命に聴きいった。それを破ったのははたしてケルートだった。

「豹頭王、ならばシルヴィア皇女は今どこにいる？」

「わからぬ」

とだけグインは云った。

「わからない？　そんなあやしい話があって堪るか。世継ぎの皇女がじつは生きていて、だがどこにいるのか解らないなど、答えにもなっていない」

「ケイロニア国王陛下に対して、無礼な口をつつしむがよい！」フリルギア侯が一喝する。「――シルヴィアさまはすでにお世継ぎではなくなられている。選帝侯会議が承認する皇位継承者はオクタヴィア殿下とマリニア殿下である」

「そうだ。ケイロニア王と十二選帝侯とは、アキレウス帝の重病をいいことにし、皇位継承者をすげ替えた。陰謀としか思えない」

「ケルート伯爵、オクタヴィア殿下の継承権はライオス殿にも信任されている。今の発言は亡きダナエ選帝侯を侮辱したに等しいぞ！」

フリルギア侯はさらに厳しい口調になる。

「あくまで皇女を亡き者にしたいようだな。〈売国妃〉の母親がどうであれ、大事なのはケイロニア皇帝直系の男児の存在だ。しかもダナエ選帝侯の血も引くとなれば、選帝侯会議はこの問題をなおざりに出来まい」

挑みかかるケルートに選帝侯席がふたたび大きくざわつく。

（それがケルートという代理人の狙いだったか。万世一系、男子優先のケイロニアのしきたりを逆手にとって、皇帝の血をひく男児を認知し手に入れ、ダナエ侯家が十二選帝侯の上に立つ。あるいは獅子の玉座に手をかける……）

ハゾスはケルートの邪気をいっそう生々しく感じた。

「シルヴィアは売国妃ではない！」

グインの声があたりを震わせた。豹頭王の怒りは広間の隅々に伝わった。ケルートは怯《お》じけ卑屈な顔を見せる。

「ケイロニウス皇帝家を謗《そし》るやからに典礼に列する資格はない。ケイロニア王の名において即刻退席を命じる」

ずいと迫られケルートは怖じけたクム犬のように牙を剥きだす。

「脅しや圧力で言論を封じるなど、豹頭王の名が地に落ちるぞ！」

「脅しではないぞ。この黒曜宮の間は、わが剣の誓いの主――アキレウス・ケイロニウス帝に永のおいとまを申し上げるためのものだ。儀式のひとつひとつに主君《きみ》を慕う者の心血がそそぎこまれている。ケイロニアの規律と魂とが――」

「な……」

ケルートは気圧されていた。グインの言葉から激しさはうせていたが、言葉の響きは深く、心のうちを突きえぐるかのようだ。

（グイン陛下は悲しんでおられる。深い悲しみはときに瞋恚ともなるのだ）

ハゾスは、シリウスを手にかけたと告げたときのことを思い出していた。

（あのときグイン陛下に憎まれたのでも切られたのでもなかった。幼子を殺めたと云ったことが陛下を深く悲しませたのだ……）

「ときに伯爵――」

グインは口調を変えた。

「貴殿はその子どもの意思をご存知かな？」

「子どもの……？　ものごころもつかぬ子どもに意思などあるはず……」

「――そうだな。シルヴィアの子はまだ二歳にもなっておらぬ。意思を問うのはむずかしいだろう。赤子に親を選ぶことはできぬと云われている。赤子に大事なことは抱きしめられ乳をもらうことだ。精一杯泣くことによって、すこやかに育まれる権利を主張することだ。俺にはケイロニア王としてその権利を守るつとめがある。ごく近ごろサイロンの民法に新しい条項をつけ加えた。すべての――よいか、すべての――サイロンで産声を上げた者に適用される。親と死に別れた者や、捨てられた者にふさわしい養育者が現われるまで、ケイロニア王グインが仮親となって、そのいのちを預かるという法律だ」

グインの言葉とその意味するところを理解して、ふたたび今度は静かなどよめきが広がった。

「男爵、云っておくが、法とはときに非情で融通のきかぬものだ」

静かに強調したグインに、ケルートは顔を赤黒くして云った。

「そんなのは、方便だろう？　そんななにもかも都合よく……」

「方便ではないぞ。この条項はサイロンの辻に掲げられている」

「豹頭王がすべての孤児の……空言《そらごと》だ。机上の空論にすぎぬ。実際にできるはずがない」

「アキレウス大帝はサイロンにある離宮を孤児たちのために開放されていた」

「グイン陛下！　そのようなわけで新しい条項を加えられたのですね。しかも――大帝陛下のご遺志も継がれていらっしゃったとは！」

マローンは叫ぶように云った。

「グイン陛下のお考えがわかりました！　血のつながりばかりがその子を幸せにするのではない。実の親からひどいしうちを受けて逃げてきた子どもも養護院にいると聞きおよびます。シルヴィアさまの御子とて――いいえ！　グイン陛下より完全な父親などサイロン――いやケイロニア中さがしてもいらっしゃいません」

「ですが」ここでハゾスが云った。

「シルヴィアさまの御子――シリウス王子はブレーンで水害に巻き込まれたかもしれぬ……」

ロベルトのため黙っていようと考えたが云わずにいられなかった。

「シリウスと云うのか、シルヴィアの子は――」

「はい陛下、ローデス侯がつけました。神話にちなんで、シリウスとは、闇の妖魅と光の女神との結婚によって生をうけ、英雄となるその遍歴の果てに、光の神として昇天するのだそうです」

「よい名だ。ロベルトに礼を云わねばならぬ。ブレーンには国王騎士団を送り、救援と子どもの捜索を命じている。――顕著な特徴があるそうだな、カストール博士が教えてくれた」

「はい、陛下」

ハゾスはうなだれるように首肯《しゅこう》した。

「神話から名付けられたか……」グインはしばし感慨にふけっていたが、「だが人間だ。人の子として人の世に送り出された――ハゾス、子を得て俺にわかったことがある。女は子を宿してから時間をかけ母親になってゆくが、男とは、母親が産みの苦しみを終え子どもと対面したところから父親の役目をはじめる。血のつながりだけがヤーンの認める資格ではないということだ」

グインはケルートに向き直ると、

「ダナエ侯が王妃宮にシルヴィアを見舞った事実はなかった。子をなしていることに配慮する言動もなかった。父親の情があったとは思えぬ。——伯爵にはダナエ侯家に、今の言葉を曲げず伝えていただきたい」

グインは厳しい調子で再度退出をうながした。

「元を正せば傭兵上がり、出自も知れぬ身がしたり顔でとくとくと——サイロンの法がどうであれ、子どもの認知はダナエ侯家の行く末を決める大問題だ。証拠は日記だけではない。証人も用意する！　見ておれ、豹頭王」

ダナエ侯の代理人は捨て台詞を吐くと身をひるがえした。その姿が消え去ったあとも、広間には波紋のようにささめきが残っていた。

ことの真偽を問う声が大半だったが、シリウス王子が今後どのように後継者問題にかかわってくるか憶測する声もまじっていた。

選帝侯たちの反応はそれぞれだが内心の動揺を表立てている。

フリルギア侯は額を赤らめむっつりし、マローンは熱にうかされたような目をしている。

ロンザニア侯とツルミット侯のひそひそ話は周りに漏れ聞こえていた。

（宰相は何もかも知っていたというわけか）

（なぜ王子を殺したなどと嘘をついたのだろう？）

（やはり独裁……）

さすがに語尾だけはぼやかせる。

これにハゾスは反論する気力もなく椅子に沈み込んでいた。

ラサール侯の代理ヴォルフ伯はお隣のアウルス・アランに何ごとか聞こうとしたが諦めた。「中立の立場」を表明しているアンテーヌ侯名代は、くちびるをきつく結び祭壇を見据えて動かなかったのだ。

祭壇の前から豹頭の偉丈夫は一タルスも動かずにいた。

トパーズ色の目は肖像の獅子心皇帝に向かっていた。

（父上――）

（典礼を騒がせしこと、どうか許し給え。尊き君の霊は神に列せられている。これよりあなたと向き合うことは神に祈るということだ。ケイロニアを守りたまえ。われに守らせたまえ――）

敬虔な祈りが牙の間から漏れる。

（獅子の国を内部からむしばもうとする《敵》から、どうか――守らせ給え。どうか導き給え）

グインはそのまま一タルザンほどうなだれていたが、胸腔から深くいきを絞り出すと皇帝の肖像に背を向けた。

儀式の場の空気をかき乱していたざわめきがぴたりと静まった。

「お集りの方々におかれては――さまざまな疑いに頭を占められておいでだろう。まず第一に、ケイロニア王はおのれの王妃が子を宿したことに気付かなかったのか――と。俺はパロの内戦において記憶に障害を負った。元の記憶喪失とも異なり、後天的に何箇所かの記憶を欠損してしまったのだ。おのれ自身の病にかまけ、妻の体に宿ったいのちの兆しに気付いてやれなかった……。いや、いかに云いつくろおうと真実はひとつで、それこそシルヴィア殿下を苦境においやった元凶だ。赤子に対し負わねばならぬ責任をいっとき忘却した。ハゾスとロベルトはふがいない父親に代わり無力ないのちに生きる場所を与えてくれようとしたのだ。感謝の言葉もない――」

（陛下……）

ハゾスは目をみひらき、うめき声を洩らした。引き裂けた精神が、グインの感謝の言葉によって縫いとじられた。奇跡のように底なしの自己否定から引き上げられたのだ。

（赤子をローデスに送ったのは、施政の邪魔だったからではない。陛下を皇帝に推挙したのも、オクタヴィア殿下との共同統治を唱えたのも、ケイロニアによかれと思い……すべてがケイロニアのためだった）

ハゾスの思いを受け止めるようにトパーズ色の目が向けられた。

「このたび――」

グインはさらに声を張る。

「厳粛な儀式を騒がせた、ことの始まり――責任はこの俺にある。よってシリウスの件について知りたい者は俺に聞くがよい」

これには大小いくつものざわめきが巻き起こった。

（訊きたいこと知りたいことは山ほどあるが……）

（だいいちあまりにも問題が大きすぎ重すぎる）

囁き交わしたり顔を見合わすばかりでいる。アキレウス大帝直系の男児の存在は明らかになった。しかし二歳にもならぬ幼児であり、その所在もわかっていないのだ。だいいち「別れの儀」において大帝の遺書が公表され正式な後継者発表があるはずではないのか。

ケイロニアの獅子の玉座にふさわしい帝王をこそ、人々は待ち望んでいたのだから。

このとき――

選帝侯席よりさらに一段上に設けられた席にあって、

（お父さま？）タヴィアはっと身をすくめた。

（たった今お父さまのお声が聞こえたような……）

彼女は平生《へいぜい》とちがっていた。シルヴィアの生死、シリウス王子の存在……衝撃的な事実発覚に胸をかき乱され、夢の世界にまぎれ込んだような——常ならぬあやしい心持ちに陥り、神秘的なものを受け入れやすくなっていたのかもしれない。

（お父さま、いま何とおっしゃいました？　怒ってらっしゃるのですか？　嘆いておいでなのですか？　それとも——）

タヴィアの目は祭壇に安置された父帝の柩に注がれていた。

（ご遺言の欠けたる部分をお教え下さるのですか？）

しかし父の声を聞くことはなかった。

だがこのとき彼女は気付いた。おのれの左の胸——どきんどきんと脈をうつものの存在に。体内に埋め込まれたちいさな《イリスの炎》。それが全身に送り出している熱をことさら鮮やかに意識する。

（これは血の熱さ、私の血——）

（血は水よりも濃い）

タヴィアはくちびるを噛んだ。臨終の父の姿、ケイロニア皇帝家が置かれている状況、フリルギア侯の解釈、重臣たちの期待、さまざまな事柄が脳裡に浮かんできた。

（どんなに悩んでも考えてもたどりつかなかった——答えはここにあったのだ）

左胸にそっと手をあて、静かで力強い律動を確かめてから、両手を組み合わせ握りしめた。

そして――

（グイン！）

豹頭の偉丈夫に救いを求めようとしたのではなかった。むしろ――

ナタリアの花に覆われた祭壇の前で、黄色い頭部はあざやかに燃え立って見えた。

彼女の炎を感応したように豹頭が向けられた。黄色い目が光をはなち、豹の口がひらかれて真紅の舌がひらめいた。

祭壇で何千ものロウソクの炎が揺れている。

タヴィアはめまいをおぼえた。

満座の弔問客も、各国の使節も、選帝侯たちすら意識してはいなかった。

父の遺言を人々につたえることが、人々の心を変えてしまうかもしれない。平凡ではないかもしれないが、ひとりの母にすぎない自分が、巨大な国土と多くの民の心を、変えてしまうことがひたすらこわかった。女の身が引き受けるにはあまりに巨きく重い責任――それがこわかった。

（私は怖れていた。ケイロニアのため――と唱えながらおのれの身を守ろうとしていた。グイン陛下というルアーにたよろうとした。かつてイリスと呼ばれた剣士が……）おのれの怯懦を認めた。内なる敵に対抗する剣に気付けたからだ。

（私のこの心――血筋だけではない、ケイロニアのため、マリニアのためにはもっと強

い心が必要だった。一度は捨てた剣を取りあげて戦う情熱が必要だったのだ）

タヴィア——オクタヴィア・ケイロニアスは、優雅なしぐさで裾をさばいて立ち上がった。驚いているマリニアの手をとり指文字で伝える。

《大丈夫、お前の、母さまは、強いのよ。じいじさまの、志しを、継いでいる》

（そうよ、私は強い。幼き者を抱いてやる強い腕《かいな》がある。そしてこの強さをくれたのはマリニア。お腹にいたときからいっしょに戦ってきたこの子なんだわ）

彼女はゆっくりと祭壇に歩み寄った。グインの真横に立ち、深く一度いきを吸ってから云った。

「今ここで、第六十四代ケイロニア皇帝アキレウス・ケイロニウス陛下のご遺言をお伝えします」

満座の弔問客がどよめいた。そのどよめきがしずまってから、女としてはひくいオクタヴィアの声が響いた。

「ケイロニアをたのむ、ケイロンの剣、イリスの涙を——そしてほとんど聞き取れないほど弱く私の名オクタヴィア、さらにかすかなくちびるの動きだけでグインとだけ、大帝陛下は臨終でおっしゃられました」

ふたたび満座がどよめいた、深くしずかに。

（ケイロンの剣もイリスの涙もケイロニア皇帝家の御璽だ）

（イリスの涙とは皇帝の織宝冠にはめこまれた至宝――）

（大帝陛下は後継者にご息女を指名されたか？）

（いやしかしいくら長女とはいえ妾腹のオクタヴィア殿下には帝王教育がなされていない。グイン陛下の名も口にされているし……）

（それに……大帝陛下はシリウス王子のことをご存知だったのか？）

揺れざわつく人々を前にしても、オクタヴィアは動じなかった。

「皆様――わが父アキレウス大帝のご遺言は苦しい息の下でなされたため、すべてを聞き取ることはできませんでした。この解釈をめぐって、皇帝家と選帝侯は会議をもうけ話し合いを重ねましたが、意見の一致をみなかったのです」

（十二選帝侯の意見が割れている……）

お家うちの事情が明かされたことに動揺する声も少なからずあった。しかし彼女はいっときの感情から口にしたのではなかった。

「ですが、この意見の食い違いもすべて、ケイロニアを思う心から発されたのです。そしてまたケイロニアという国は十二選帝侯の結束なしにはありえない、ということも父を身近にして学んできました。

お父さまが、私とグイン陛下の名を口にされたのには深いお考えがあったのです。ケイロニアのため――ケイロニアのすべての民、そして子らの未来を守るのは私たち大人のつとめだと示されようとしたのです。ケイロンの剣があらわす武の力も、イリスの涙が象徴する代々の皇帝の権威も、すべてがケイロニアの国と民があってのもの。ケイロニアをたのむ、それが最初の言葉だったことでもお解りでしょう。マルーク・ケイロン、騎士のときの声はケイロンの剣より来たそうですが、大帝陛下の言霊は、遺された者たちが力を尽くし、心を合わせよとの思し召しであると解釈しております。大帝陛下の魂は国内の諍いを望まれてはいない」

オクタヴィアはことさら強い響きをこめた。

「獅子心皇帝陛下からのお言葉をたしかにお伝えしました。この《言霊》がケイロニアをとこしえに守ることを信じて、終わります」

しばらく広間はしんと静まり返っていた。

誰もが、フリルギア侯でさえ、妾腹の皇女がこの場で、こうもしっかり亡き大帝の思いと共に長年にわたる後継者問題解決に至る道すじを示すとは思わなかったろう。オクタヴィアはやってのけたのだった。最大の難題と云えた大帝の遺言を、智略も政事的な演出もなく、ケイロニアの結束を願う心として伝えきった。

やがて——

はじめはさざ波のようであった。

広間の中の誰かが小声である言葉を唱えた。それを聞いた者も同じ言葉を唱えた。何人かの小声が合わさることで言葉の響きに、はっきりした輪郭があたえられた。

祭壇の前までもはっきり響いてきた。

「ケイロニアのために――マルーク・ケイロン」

大音声となって広間に響き渡る。参列者全員が声を合わせているかのようだ。

オクタヴィアの誠心誠意が人々を動かしたのだった。多くの人々がケイロニア皇帝と皇帝家への敬意と――熱情をもとりもどし、少しの例外はあったろうが、大合唱はうねりながらさらに巨きさを増していった。

「――立派な演説だった、オクタヴィア殿下」

呆然と立ち尽くしていたオクタヴィアはその声にわれを取り戻した。

「グイン陛下、演説のつもりなんて……私はお父さまの思いを伝えたかっただけです」

グインはひとつ首肯《うなず》くと内懐に手をやり、とりだしたものの柄を大帝の肖像に向けた。

「わが父にして神なる――あなたの言霊《ことば》は、ご息女によってたしかに伝えられた」

グインの声音には特別な響きがあった。

グインはオクタヴィアに向き直り、もういちど、かるく膝を折るようにして云った。

神聖なる誓いの言葉を。

「君もしわが忠誠に疑いあらば、いつなりとこの剣を押し、わがいのちとりたまうべし

——オクタヴィア・ケイロニアス」

「え」

オクタヴィアは驚きに一瞬言葉を失くした。

グインの突然のこの行動に驚愕したのは選帝侯たちである。黒衣に身をつつむ長身の皇女は、豹頭偉丈夫の王から剣を捧げられたのである。十二神将、六長官、貴族や近習や女官もまた驚きに体を縛られたようになっている。

オクタヴィアは姿勢をただし、かつて父帝がそうしたように、捧げられた剣をうけとってくちづけ、作法にしたがって返した。きわめて優雅に——。

「ケイロニア王グインの剣とその忠誠をしかと受け取りました」

この一幕は広間の人々の度肝も抜き、大合唱の声がいったん途切れたほどだった。

そのとき祭壇にまろぶように駆けよったのはリンド長官だった。アキレウス帝の小姓であったリンドは顔をくしゃくしゃにし、護剣の柄をオクタヴィアに向けると、

「わがいのちとりたまうべし——オクタヴィア陛下！」

フリルギア侯も席を立ち上がっていた。気が早いとたしなめるどころか、「ケイロニア初の女帝陛下となられるオクタヴィア陛下に！」声を高くして、黒いトーガをひるがえし儀礼用の剣を抜き取った。

次にはアトキア侯マローンが——他の高官たちも抑えきれぬように次々と剣の誓いを

立てていった。六長官全員が立ち上がり、その次は十二神将だった。まっさきに護王将軍トールの太い声が響きわたった。ケイロニアの守護神たちが剣の誓いをたてるようすは壮観だった。

尚武の国の神聖な誓いの声と神話的なけしきが、列席者を衝き動かすのに時はかからなかった。すでに広間のあちこちで、剣の誓いを唱和する声があがっていた。言霊は皇帝家への熱い忠誠心をよみがえらせ、炎のように燃えさかり、大広間の端々まで広がっていった。

人々は一斉に「アキレウス・ケイロニウス」の名と「ケイロニアのために」「マルーク・ケイロン」を唱えながら立ち上がった。一般の参列者には儀礼用の剣は許されないので、利き手を高く剣に替えてさしあげ、オクタヴィアの名を連呼した。

「マルーク・ケイロン、オクタヴィア・ケイロニアス」

この騒ぎのさ中、ツルミット侯とロンザニア侯の姿は垂れ幕の向こうに消えていた。

誓いを立てていない選帝侯はまだふたりいた。アウルス・アランは、広間の一画に目をやると心を決めたように立ち上がった。黒いブラウスに黒い足通しをつけた長身の思い人が吊っていない腕を差しあげていたからだ。

最後のひとり――。

ハゾス・アンタイオスは、異形の王を、残照の輝きを惜しむようにみつめてから、ことさらゆっくり席を立ち上がり剣帯に手を伸ばした。

オクタヴィアは人々のあまりの熱狂に呆然としつつも頬を火照らせていた。

「大帝陛下の御心を今ほど近く感じたことはありません。でも……ヤーンの手わざに怖れを感じずにいられない」

黒衣の上から胸をおさえた彼女に、力強いまなざしが向けられる。

「大丈夫だ。臆することはない、オクタヴィア・ケイロニアス。あなたにはヤーンとアキレウス帝の加護がある。あなたの言葉と魂の炎には、人々を結束させる力がある。自信を持つとよい」

グインの言葉に彼女は力を貰いながらも、内心ささやかな抵抗を示していた。

(そうせよと私に告げたのはお父さまの魂。火をつけたのはグイン、まちがいなくあなただわ)

あとがき

またもやお待たせしてしまいました、宵野ゆめです。

グイン・サーガ一三六巻『イリスの炎』をお届けいたします。

一三五巻『紅の凶星』のあとがきに、五代ゆう先生が体調を崩されたことを書かれてらっしゃいますが——五代先生、お大事になさって下さいね。

実はわたくしも病を患っており今も療養中です。しかし遅筆が病気のせいなのか、例によって『世界が重い』せいなのか未だ解明できていません——なんて云い訳にもなってませんね。

謝らねばならないことはもう一つ……。ケイロニア・パートの前巻一三四巻『売国妃シルヴィア』に登場させた沿海州の王女です。この人は誰？　と思われた方もいたと聞きます。アウロラは外伝二五巻『宿命の宝冠』の主人公です。ひと言あとがきに書くべきでしたね。

その学習を踏まえる――わけでもないんですけど、本作二話で語られる最北のベルデランドと選帝侯ユリアス・ベルディウスの設定は、ローデス・サーガからひっぱってきています。この物語は栗本薫先生が天狼選書から出された女性向きの同人誌です。

それから、『売国妃シルヴィア』の第三話で選帝侯会議を書きましたら、「選帝侯をまとめて欲しい！」というお声を頂戴しましたので、あらためてケイロニアの十二選帝侯をご紹介しようと思います。

ランゴバルド選帝侯、ハゾス・アンタイオス。

ケイロニア宰相にして、ケイロニア王グインの股肱《ここう》にして親友。四十がらみの渋い男前。瞳の色は青灰色。妻は先代アトキア侯の長女ネリア。三人の子供をもうけています。サイドン会議では司会役をつとめました。

ロベルト・ローディン、盲目のローデス選帝侯。

いつも黒衣をまとっていることから「黒衣のロベルト」と呼ばれています。ほっそりと華奢な風体、黒髪、黒いびろうどの双眸。性格はおだやかで聡明。誰にでも分けへだてなく優しく接するので、徳の高い僧のように思われ人望をあつめています。アキレウス大帝のお気に入りの腹心。

若返ったアトキア選帝侯マローン。

父侯のギランはアキレウス大帝に隠居を願い出、長男のマローンが跡目を継ぐことにあいなりました。初登場は外伝一巻『七人の魔道師』。ケイロニア篇の登場時は十代の子爵でした。優しい顔立ちながらサイロン市政の責任者をつとめます。

アウルス・アラン、アンテーヌ子爵。

事情により選帝侯会議を欠席する父アウルス・フェロンの名代を買って出ました。アラン君もデビューは早く、一八巻『サイロンの悪霊』にすでに名前があります。以後登場のたび「美少年」「宮廷の女性の人気の的」「武芸も達者」と麗しく描写されておりました。

父のアウルス・フェロンは十二選帝侯の長老であり、皇帝にも意見ができる大貴族です。ケイロニアが統一されたとき最後まで頑強に抵抗したのがこのアンテーヌ一族なのです。

フリルギア選帝侯ダイモス。

学者めいた風貌と有識の石頭から、老けたイメージがありますがハゾスと同年輩です。フリルギアと云えば名産は岩塩。皇帝に饗応役を申し付けられたら、こてこてのケイロン宮廷料理を手配しそうですね（笑）。

サルデス選帝侯アレス。

落馬エピソードが有名な、あまり人気のない選帝侯。小柄で太っちょ。サルデスの姫君が先代ベルデランド侯ディルスに嫁いでいます。

ダナエ選帝侯ライオス。

風采があがらない。髪がうすい。そのせいか婿の候補だった時代、シルヴィア姫からずいぶんな嫌われようでした。長らく独身でいましたが、アトキア侯マローンの妹姫を妻に迎えました……。

ツルミット選帝侯ガース。

ツルミット侯は登場の機会に恵まれてませんね。黒死病流行前の、猫の年の新年の賀の祝典に参列出来ませんでした。

ラサール選帝侯ルカヌス。

ラサール侯も登場数の少ない選帝侯です。猫の年の祝典の賀には病気のため参列出来ませんでした。弟のヴォルフ伯爵アウスは、パロ内乱後に行方不明になったグイン王をノスフェラスに捜索する隊に参加していました。

ロンザニア選帝侯カルトゥス。

ロンザニアと云えば黒鉄鉱の産地。七九巻『ルアーの角笛』で、グイン王から剣の誓いを受け取ってアキレウス大帝がこのように仰ってます。

「あいかわらず固いなお前は、それこそロンザニアの鉱石の黒鉄鉱よりも」

ワルスタットの選帝侯ディモスは、云わずとしれた太陽侯。

明るい青の瞳、金髪、秀麗な顔立ち。「ケイロン宮廷一の美男子」と謳われながらも、家庭的な人柄で、アンテーヌ侯の息女アクテとの間に五人の子をなしています。ワルスタット侯家はパロの血をひくので美形が多いとされており、現在クリスタル駐留中なのですが……。

そして――ベルデランド選帝侯、ユリアス・ベルディウス。大柄、タルーアンの紅毛、目元の鋭い潔癖症。タルーアンの血が入っていること、またサイロンから遠隔であることを理由に、今まで黒曜宮に出仕したことがないミステリアスな選帝侯。ローデス侯ロベルトとは幼なじみです。

ここで執筆に協力していただいた方々へ感謝の言葉を申し上げます。

編集担当の阿部さん、今岡さん、田中さん、八巻さん、監修者の目は設定チェックにとどまらず、山よりも険しく海よりも深いグイン・ワールドの『ヤーンの目』となって下さいます。ありがとうございます。

丹野忍先生の美麗なイラストを心の励みにして、苦手なあとがきに取り組んでおります。

五代ゆう先生の『紅の凶星』を読んだときには（ついにこの時が……）とページを繰る手が震え、円城寺忍先生の外伝『黄金の盾』のページからは奇跡の光を感じました。グイン・サーガの続篇プロジェクトから、次々と新たな枝と葉が生み出されてきたのです。

これって本当にすごいことではありますまいか。

栗本薫先生の紡がれた世界は、今なお伸張しつづけています。

大いなる運命へ向かって！

宵野　ゆめ拝

GUIN SAGA

世界最大のファンタジイを楽しむためのデータ&ガイドブック

グイン・サーガ・ハンドブック Final

栗本薫・天狼プロダクション監修／早川書房編集部編
（ハヤカワ文庫JA／982）

30年にわたって読者を魅了しつつ、130巻の刊行をもって予想外の最終巻を迎えた大河ロマン「グイン・サーガ」。この巨大な物語を、より理解するためのデータ&ガイドブック最終版です。キレノア大陸・キタイ・南方まで収めた折り込みカラー地図／グイン・サーガという物語が指し示すものを探究した小谷真理氏による評論「異形たちの青春」／あらゆる登場人物・用語を網羅・解説した完全版事典／1巻からの全ストーリー紹介。

早川書房

GUIN SAGA

世界最大のファンタジイを楽しむためのクイズ・ブック

グイン・サーガの鉄人

栗本薫・監修／田中勝義＋八巻大樹

（四六判ソフトカバー）

出でよ！　物語の鉄人たち!!

グイン・サーガの長大なストーリーや、膨大な登場人物を紹介しつつ、クイズ形式で物語を読み解いてゆく、楽しい解説書です。初心者から上級者まで、読むだけでグイン・サーガ力が身につくクイズ全百問。完全クリアすれば、あなたもグイン・サーガの鉄人です！

早川書房

著者略歴　1961年東京生，千代田工科芸術専門学校卒，中島梓小説塾に参加，中島梓氏から直接指導を受けた，グイン・サーガ外伝『宿命の宝冠』でデビュー，著書『サイロンの挽歌』『売国妃シルヴィア』

HM=Hayakawa Mystery
SF=Science Fiction
JA=Japanese Author
NV=Novel
NF=Nonfiction
FT=Fantasy

グイン・サーガ⑬⑥

イリスの炎《ほのお》

〈JA1191〉

二〇一五年五月　十　日　印刷
二〇一五年五月十五日　発行
（定価はカバーに表示してあります）

著者　宵《よい》野《の》ゆめ
監修者　天狼《てんろう》プロダクション
発行者　早川　浩
発行所　株式会社　早川書房
郵便番号　一〇一 - 〇〇四六
東京都千代田区神田多町二ノ二
電話　〇三 - 三二五二 - 三一一一（大代表）
振替　〇〇一六〇 - 三 - 四七七九九
http://www.hayakawa-online.co.jp

乱丁・落丁本は小社制作部宛お送り下さい。
送料小社負担にてお取りかえいたします。

印刷・株式会社亨有堂印刷所　製本・大口製本印刷株式会社

ISBN978-4-15-031191-9 C0193